铅笔潘妮 系列

奇思妙想太空课

[爱尔兰] **艾琳·欧海利** 著

杨华京 译

时代出版传媒股份有限公司
安徽少年儿童出版社

著作权登记号:皖登字 12181878 号

Penny in Space:

ⒸText：Eileen O'Hely，2009

ⒸIllustrations：Nicky Phelan，2009

All rights reserved.

First published in the English language under the title "Penny the Pencil series (6 titles) by: Eileen O'Hely" by Mercier Press Ltd. Chinese translation rights arranged through Media Solutions and Inbooker Cultural Development (Beijing) Co., Ltd.

图书在版编目(CIP)数据

奇思妙想太空课 /(爱尔兰)艾琳·欧海利著;杨华京译.— 合肥:安徽少年儿童出版社,2019.10(2022.1 重印)
(铅笔潘妮系列)
ISBN 978-7-5707-0486-6

Ⅰ.①奇… Ⅱ.①艾… ②杨… Ⅲ.①儿童小说 – 长篇小说 – 爱尔兰 – 现代 Ⅳ.①I562.84

中国版本图书馆 CIP 数据核字(2019)第 115631 号

QIANBI PANNI XILIE QISIMIAOXIANG TAIKONG KE
铅笔潘妮系列·奇思妙想太空课

[爱尔兰]艾琳·欧海利 著
杨华京 译

出版人:张堃 策　划:唐 悦 丁 倩 责任编辑:丁 倩
责任校对:冯劲松 装帧设计:唐 悦 责任印制:朱一之
出版发行:时代出版传媒股份有限公司　http://www.press-mart.com
安徽少年儿童出版社 E-mail:ahse1984@163.com
新浪官方微博:http://weibo.com/ahsecbs
(安徽省合肥市翡翠路 1118 号出版传媒广场 邮政编码:230071)
出版部电话:(0551)63533536(办公室) 63533533(传真)
(如发现印装质量问题,影响阅读,请与本社出版部联系调换)

印　制:阳谷毕升印务有限公司
开　本:635mm×900mm　1/16　印张:14　字数:96 千字
版　次:2019 年 10 月第 1 版　2022 年 1 月第 2 次印刷

ISBN 978-7-5707-0486-6　　　　　　定价:36.00 元

人物介绍

潘妮

拉尔夫笔袋里的铅笔女孩。她善良聪慧，勇敢而有担当，和伙伴一起与代表邪恶势力的马克笔作斗争。

艾思丽

拉尔夫太空活动营中的同学，是一位"小学霸"，和拉尔夫组成了火箭搭建小组。

拉尔夫

潘妮的小主人。虽然很贪玩，但他为人正直善良。算术成绩一般，还经常会写出些错别字来，常得到潘妮的帮助。

莎拉

拉尔夫的同桌、好友，每门课程都能拿到"A+"的聪慧女孩。在拉尔夫遇到困难时，她总能运用自己的智慧鼎力相助。

吸墨

拉尔夫在太空周活动中得到的太空笔。能在太空无重力条件下进行书写工作。

格鲁普

拉尔夫的修正液，潘妮的好朋友。

波尔特

拉尔夫和莎拉的同班同学，他总爱与拉尔夫和莎拉对着干。

黑马克

拉尔夫笔袋里的恶棍，他专横刻薄，常常把看不顺眼的书写文具驱逐出笔袋，妄图破坏一切良好的秩序，达到自己不可告人的目的。

国家轨道卫星协会科研团队

这个科研团队的科学家们负责帮助太空活动营的小学员们掌握航空科技知识，辅助小学员们进行火箭发射。

麦克

拉尔夫的自动铅笔。

目录

第一章

索德太太的惊喜

又到了星期一早上，拉尔夫的笔袋里，铅笔们和其他书写文具还在呼呼大睡。为了**养精蓄锐**，迎战新一周的学习，头天晚上，他们一个个都很自觉，早早就上床睡觉了。

大伙睡得正香，突然响起了一阵急促的铃声。

"什么声音？"潘妮——一支穿着漂亮泡泡长裙的灰芯铅笔，一下子睁开了双眼，她慌张地推了一把躺在她旁边的黄色自动铅笔。

"嗯？"自动铅笔麦克**迷迷糊糊**地问。

"都打铃了，我们竟然还大梦不醒！"潘妮嚷嚷着，从床上跳了起来。

"你这么吵吵闹闹的，我们想多睡一会也不行。"格鲁普调侃道，"到底怎么了，潘妮？"格鲁普是一瓶充满智慧的修正液，他睡在潘妮的另一边。

"铃声响了，你们都没听见吗？"潘妮使劲摇醒了躺在附近的铅笔，"拉尔夫随时都会拉开拉链，我们得做好准备！"

"现在几点了，翡翠？"瘦高的橘色铅笔一边

打着哈欠，一边 **懒 洋 洋** 地问身边短小的绿铅笔。

"才 8 点钟呀，琥珀。"翡翠说。

"9 点钟才上课，潘妮这么早把我们叫起来，她是在闹腾什么呢？"琥珀满腹狐疑地问。

"学校把作息时间提前了吧？"翡翠胡乱猜测着。

"怎么可能！学校可不会随意提前作息时间的！"琥珀白了翡翠一眼。

"潘妮，别闹了！"趁着潘妮还没有把其他的文具吵醒，格鲁普及时制止了她，"你还不清楚吗？那根本不是学校的铃声。拉尔夫还没上学呢！"

"不是上课铃，那是什么？"小不点仰着小脸问。小不点是拉尔夫的一块小橡皮，他也被这一阵喧闹给吵醒了。

"我猜是门铃声。"格鲁普说。

楼下，拉尔夫正要把一大勺麦片塞进嘴里，"叮咚"一声，门铃又响了。

"拉尔夫，你能帮妈妈开一下门，看看是谁来了吗？"拉尔夫的妈妈正忙着熨烫一件上衣，她手忙脚乱的，实在没空去应门。

拉尔夫"**刺溜**"一声滑下椅子，打开了大门，发现站在门口的竟然是自己最要好的朋友莎拉。

"你干吗过来了？"看到莎拉笑眯眯的脸庞，拉尔夫吃了一惊。莎拉的家在拉尔夫家和学校之间，通常都是拉尔夫喊莎拉一起上学。

　　"我只是不想你上学迟到呀。"莎拉说着，小脸一下红了，一双眼睛却闪烁着异样的光彩。

　　"可是现在才8点钟呀……"拉尔夫纳闷地嘟囔着，一只手在脑袋上胡乱挠了几下，还没来得及梳理的头发被抓得更蓬乱了。

　　"我知道!"莎拉径直走进拉尔夫家里，在早餐桌旁坐了下来，"上个星期五下午，索德太太在班里说，她这周给我们准备了惊喜，你不记得了？"

拉尔夫歪着脑袋想了好一阵子。整个周末，他又是爬树又是玩电脑游戏，学校上个星期发生的事情对他来说简直是 20 世纪的事了。

"好像……"拉尔夫**犹豫**地说。

"好了，快点吧！"莎拉不由分说地催促着，"要是索德太太的惊喜又是一只巧克力蛋糕的话，我们可不能去晚了！"

拉尔夫一听到巧克力蛋糕，哪里还有胃口继续吃那富含纤维、口感就像硬纸板一样的麦片！再说了，麦片在牛奶里多泡了一会，早变泥糊了，不好吃。趁妈妈没注意，拉尔夫把没吃完的早餐偷偷倒进洗碗池里，冲到楼上胡乱刷了几下牙，抓起书包又冲下了楼梯。

"老妈，再见！"拉尔夫急匆匆地跟着莎拉走向门口，**慌乱**地跟妈妈道了别。

"你觉得今天的惊喜会是什么？"两人在人行道上碎步小跑时，莎拉还在琢磨这个问题。

"我没仔细想过这事。"拉尔夫老实地说。

　　"告诉你,我可想过了。"莎拉得意扬扬地说,"我在图书馆里找到了一本书,查询了一下历史上本周发生过的各种激动人心的事。历史上的本周,人们第一次发现了恐龙化石,所以我们有可能去参观自然历史博物馆……"

　　"没准等会看《侏罗纪公园》呢!"拉尔

夫兴奋地说。

"这很有可能。"没说完的话被突然打断，莎拉不满地瞪了拉尔夫一眼，接着说，"路易斯·巴斯德出生在……"

"路易斯·巴斯德是谁？"拉尔夫问。

"开创了微生物生理学的那位法国大科学家呀，"莎拉咂巴着嘴说，"所以我们也可能会做一个有关著名科学家的研究项目……"

"没准我们能到游乐园里去，在过山车上进行万有引力的实验！"拉尔夫**异想天开**起来。

"这不大可能。"莎拉不以为然地说。

"要是学校组织我们到游乐园里去，得先让家长签字同意才行呀。"

"说得是呀，"拉尔夫不甘心地说，"我们要去自然历史博物馆一样得请家长签字同意，所以你也猜错了！"

"这个呀……"莎拉陷入了沉思，"反正不管是什么，今天肯定有好事！"

"哎呀，不好！"拉尔夫突然一个巴掌拍到脑门上，"没准佩恩太太回来了。"

9

　　"不会的，"一想到他们原来那位无比严厉又气势汹汹的健康课老师佩恩太太，莎拉忍不住打了个冷战，"索德太太没说让我们带运动衣到学校去呀。"

　　"太好了！"拉尔夫长舒一口气，"那会是什么呢？"

　　"我也不知道，反正我们快到学校了，赶快到教室里瞧瞧去！"

　　校园里，一大群孩子在操场上追逐玩耍，莎

拉和拉尔夫一口气冲上教学大楼的台阶，穿过走廊，朝教室跑去。

"门还锁着呢。"莎拉拉了拉门把手，心里觉得很奇怪。

"窗帘也拉得紧紧的，里头什么也看不见。"拉尔夫懊恼地说。

"没准有神秘来客到访，说不定又是瑞克·奥谢，可能他这会就在里面呢！"一想到电视节目《**酷警官**》里的大明星，莎拉抑制不住兴奋，差点尖叫起来。

"要是门都锁着，他怎么进得去？"拉尔夫白了莎拉一眼。

"噢，这我可说不好，"莎拉眉飞色舞地说，"他在电视上扮演的可是神通广大的警察。凭他那一身本事，溜进一个上了锁的房间对他来说就是小菜一碟。"

拉尔夫翻了翻白眼，没有说话。上课铃声终于打响了，索德太太高跟鞋的"**咔嗒**"声从走廊尽头的办公室由远及近地传来。索德太太来到教室门口，拧开了门锁，不过她没有立刻打开教室门,而是神秘地微笑着,静静地等待全班孩子从四面八方会集在门口。

　　"早上好,同学们。大家周末应该过得都很开心吧?"她**笑眯眯**地问候着孩子们,然后一把推开了教室门,"欢迎大家进入太空周！"

第二章

太空周

　　孩子们紧紧簇拥在门口,他们瞪大了眼睛,眼前的景象好像是**梦境一般**。整个教室被黑色的材料蒙了个严严实实,黑色的底子上繁星点点。黑板上是用黄色粉笔画的一轮又圆又大的太阳,天花板上还别出心裁地垂挂下来几颗"行星"。一踏进教室门,孩子们感觉自己好像突然置身于神奇的太空中。

　　"这比我想到的任何项目都棒!"莎拉赞叹

着,仰起小脸欣赏着天花板上的奇观,**晕晕乎乎**地坐在了座位上。

"明天我要把遥控月球车带来!"拉尔夫兴奋地说。

"我会帮你把它射入太空!"波尔特小声嘀咕着,这个"欺负人大王"就坐在莎拉和拉尔夫后面。

"你说什么?"拉尔夫转过身,眯起眼睛看着波尔特一脸坏笑的样子。

"到时候你就知道了。"波尔特**不怀好意**地说。

"拉尔夫！"索德太太大声说，"转过来，脸向前方。要是你敢再捣乱一次，等我们大家进行太空周活动的时候，你就一个人在校长室门口待着好了。"

拉尔夫赶紧面朝前坐好。波尔特嘿嘿笑着，狠狠踹了一脚拉尔夫的椅子。

"好了，"索德太太继续说，"本周我们将学习……"

"太空！"露西**迫不及待**地说。

"谢谢你，露西，"索德太太继续说，"我们要学习太空和太空旅行。"

"噢，太好了！"拉尔夫忍不住大叫起来。他立刻想到，在第二天的展示课上，遥控月球车铁定能帮他挣到不少加分。

"本次任务就是每人画一幅火箭设计图，周五交上来。"索德太太继续说，"周五早上，我们会有一位神秘客人来访，这位客人曾经到过太空！"

听到这个消息，班里立刻炸了锅一般，孩子们**交头接耳**聊了起来。

"不过，首先，我的小小宇航员们，"索德太太等到孩子们全都安静下来，又继续说，"我们要了解一点有关太阳系的知识。谁能告诉我太阳系是什么？"

全班同学齐刷刷地把目光投向了莎拉，莎拉果然不负众望，高高举起了手。

"还有谁知道？没人愿意尝试一下吗？"索德太太不甘心地用目光在全班同学的脸上**扫来扫去**，最后无可奈何地说，"好吧，请莎拉回答！"

"太阳系是由太阳和以太阳为中心、受它的引力支配而环绕它运动的天体所构成，包括太

阳、八颗行星、卫星、小行星、彗星和流星体等。"莎拉一口气把话说完。

"谢谢你，莎拉！"索德太太说，"现在，有谁能告诉我八大行星的名字？能说出一个也行！"

这一回，有不少同学举起手来。

"希亚拉。"索德太太指着坐在拉尔夫和莎拉前面的一个女孩。

"土星，就是被漂亮的光环环绕的那个。"希亚拉说着，指了指头顶上的一颗行星模型。

"**说得好**，希亚拉。"

索德太太的目光在举起手的孩子们中间徘徊了一会，又点了名："马科姆。"

"木星。"马科姆说，"它的表面有一个大红斑。"

"很好。"索德太太说，"那个大红斑比地球还要大。肖恩，你来讲。"

"**太阳**。"肖恩说。

"太阳不是行星，肖恩。"索德太太遗憾地说。

"那它是什么呀？"肖恩迷惑不解地问。

"它是一颗恒星。"索德太太说。

"怎么可能呢！"肖恩不服气地说，"太阳那么大，又那么黄，我们在白天也能看到它。它怎么会是一颗星星呢①？"

"就是这样的。"索德太太说，"太阳其实是众多恒星中较小的一颗。它看起来很大，是因为我们离它很近。"

"有多近呀？"拉尔夫问。

"好了，请大家戴上**天马行空**的想象之帽。"索德太太说。

孩子们心领神会，纷纷闭上双眼，模仿着戴帽子的动作。

"大阳距离我们大约有 1.5 亿千米。"索德太太说。

听到这句话，拉尔夫惊得一下子睁开了眼睛。

"那可不算近呀！"拉尔夫说，"即便我们的旅行速度能达到每小时 100 千米，也得花上……

---

①英文单词"star"既有星星也有恒星的含义。在英语对话情境中，肖恩没有理解老师第一次说的"star"是"恒星"的意思，而误认为老师说太阳是"星星"。

嗯……好长好长时间才能到达太阳！"

"说得没错，"索德太太说，"不过我们要是以光速来旅行——我是说，以光波在真空传播的速度来旅行的话——大约只要8分钟就能到了。"

"哇！"大家惊呆了。

"其他恒星呢？"莎拉问，"我们要多久才能到达那些恒星上？"

"这个呀，"索德太太顿了顿说，"下一颗距离我们最近的恒星，即便以光速旅行，也要花上约4年才能到达。"

"啊——哦！"宇宙原来如此**广袤**(mào)**无垠**，孩子们震惊了。

"我们跟各种星辰之间，还存在什么东西吗？"露西问。

"什么也没有。"索德太太说，"所以我们才把它叫'太空'。"

索德太太给孩子们空出几分钟的时间，让他们慢慢消化太空中空无一物的概念。

"好了！"她拍拍手，把孩子们的思绪唤回到课堂中，"让我们再回到太阳系。谁能告诉我其他几颗行星的名字？"

"火星。"波尔特说，"火星上还有火星人。"

"哦，据我们所知，火星上至今没有发现火星人。"索德太太说。

"可是电影上总是演火星人！"波尔特**不服气**地说，"他们的血都是绿色的……"

"电影上的事可不能都当真呀！"索德太太耐心地说，"电影上还经常出现会说话的动物，可是现实中这样的动物是不存在的，对不对？"

"我叔叔就有一只会说话的鹦鹉呢！"希亚

拉说，"什么话它都会说，比如……"

"还是让我们继续太阳系的话题吧，"索德太太高声打断了希亚拉的话，"还有什么行星？"

"**地球**。"莎拉说。

"很好！"索德太太用眼神鼓励着孩子们，"还有呢？"

"冥王星。"拉尔夫说。

"不对。"索德太太说，"冥王星曾经被当作行星，可是现在天文学家们觉得它太小了，就把它称为矮行星。还有吗？"

全班**一片沉默**。没人能想出其他几颗行星的名字。

"我们还少说了 4 颗行星。"索德太太说。还是没人举起手来。

"好吧。"索德太太从讲桌上抱起一厚摞塑料封皮的文件夹，一一发给大家，"这是你们的太空周学习资料夹。资料夹里有一本小册子，上面罗列了有关太空的一些重要知识——当然包括了其他 4 颗行星的名字——里面还有一支特制的太空水笔。"

　　"太空水笔是什么宝贝呀？"索德太太给大家分发资料的时候，拉尔夫问莎拉。

　　"说是一种特殊的**抗重力**水笔，在无重力的太空环境中也能顺利写出字来。"莎拉一边阅读封皮上的简介，一边说。

　　"哇，太棒了！"拉尔夫惊叫起来，"我们能在自己的火箭里检验这笔好使不好使吗？"

　　"我们只是要画火箭设计图。"莎拉说，"我

们才不会真要带着这支太空水笔飞上天呢。"

"也不是没这个可能呀。"拉尔夫激动地争辩着。

"就是这一周过完了也不可能。"莎拉说。

"怎么不可能？"拉尔夫不服气地说，"一旦我的设计图纸画好了，我在周末或者假期里就能把火箭做出来。"

莎拉不屑地白了他一眼。

"拉尔夫，你知不知道制造火箭需要花多长时间？你知不知道它被发射到太空中需要多少燃料？"莎拉追问。

"不知道。"拉尔夫说，"你倒是说说看，把火箭发射到太空需要用掉多少燃料？"

"我也不知道。"原本理直气壮的莎拉突然把说话声降低了不少。

"你竟然不知道？"拉尔夫惊讶地抬高了声音。在拉尔夫心目中，莎拉就是万事通，他怎么都想不到莎拉居然也有说不知道的时候。

"你竟然不知道！你竟然不知道！"波尔特在他们身后**阴阳怪气**地重复着。

"波尔特，你知不知道我们在讨论什么？"莎拉问。

"不知道，"波尔特不屑地说，"不过那也没什么，因为你竟然不知道，愚蠢！"

"我宁愿蠢点，也不想跟你一样讨人厌！"拉尔夫给莎拉帮腔，一起对付波尔特这个小坏蛋。

"哼，走着瞧吧，要倒大霉的人是你。"波尔特生气地说。

第三章

太空笔吸墨

自从上课铃声打响以后，潘妮和拉尔夫的书写文具早早地在笔袋的拉链口排好了整齐的队伍。

"他怎么还不来？"潘妮不耐烦地抱怨着。

"索德太太上周五是不是说过有什么**惊喜**？"小不点问。

"如果是这样的话，这个惊喜也够**磨蹭**的。"潘妮说话间，晨间休息的铃声打响了。

"嘘！"格鲁普警告大家安静下来，这时笔袋摇晃了一下，拉链拉开了。

潘妮赶紧挤到最前面，好让拉尔夫方便拿到她。可是潘妮等来的不是拉尔夫的手，而是一支崭新的书写笔。

"嘀嘀……"新来的这位发出奇怪的声音，绕着笔袋盘旋了好一阵子，然后他把右手腕举到嘴边，开始讲话。

"控制中心，控制中心，这里是吸墨。请讲话。"

作为答复，从他手腕上的一个小装置里发射出一股细细的电流。

"我好像来到了有生物居住的小行星上，"新来的家伙滔滔不绝，"'土著'似乎是铅笔类生物，并无敌意。我再重复一次，并无敌意。我想我已经确定了他们的部落首领。我将尝试降落并跟他们展开言语互动，汇报完毕。"

这个**不速之客**朝"地面"踮起脚尖，轻柔地落在了格鲁普和潘妮面前。

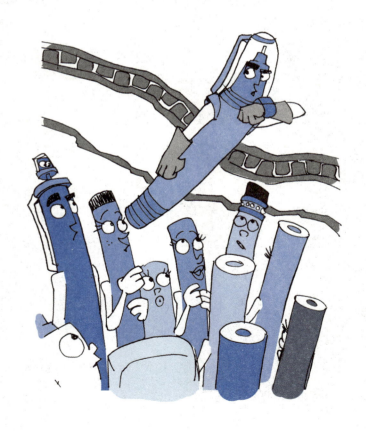

"你们好，我为**和平**而来。"这位不速之客说着，高高举起左手，用两根手指比了一个"V"的造型。

"很高兴你这么说。"格鲁普说。

不速之客又一次把手腕举到嘴前面，飞快地说："报告控制中心，看样子'土著'接纳了我，他们也用宇宙通用的笔语交流。"

"我们把这种语言叫作英语。"麦克说着，凑到了这家伙的手腕前面。

"这种生物似乎**有男有女**，男性看起来更有侵略性……"

"说谁有侵略性呢？"麦克不高兴地质问。

"麦克，冷静点！"潘妮把一只手搭在了麦克的肩膀上。

"看样子这里是女性说了算。"这家伙又说。

"我来让你好好瞧瞧,到底是谁说了算。"麦克说着,举起了一只拳头。

"冷静,麦克。"格鲁普说。

"他们似乎习惯直呼对方名字。"

"说起名字来,我倒是想问,你叫什么名字?"格鲁普对这个家伙的古怪举动也有些**不耐烦**了,他那副架势好像在制作一部野生动物纪录片。

"部落首领问了我一个很直接的问题。我必须做出答复,不然可能要面临来自整个部落的惩罚。汇报暂时中止,我要和部落首领聊一阵子。"这家伙说完,终于把手腕从嘴边拿开,面带微笑地看着大家。

"我是吸墨。"他语速很慢,声音倒是很响亮。

"很高兴认识你,吸墨。"格鲁普说着,伸出手要跟吸墨握手,"我是格鲁普,这是潘妮、麦克、小不点和彩色铅笔们。"

吸墨**半信半疑**地看着格鲁普，勉强伸出手跟格鲁普握了握。

"吸墨，你来这里干什么？"潘妮**快人快语**地问。

"我的船队把我们派往各个小行星上，搜集出现在这些小行星上的生物信息。"吸墨说。

"你能听懂他说的话吗？"麦克悄悄问小不点。

"要是你把他说的'小行星'换成'笔袋'，再把'生物'换成'书写文具'，这样你就能听懂了。"小不点思考了一阵子，给出了这样的回答。

麦克锁着眉头想了一会，还是没弄明白，他不懂装懂地点点头，怕露了怯会被大伙取笑。

"你有多少同伴？"格鲁普问。

"30 名。"吸墨说。

麦克终于明白了小不点说的话——整个班里有 30 个孩子，一共有 30 个笔袋。

"你打算怎么处理收集到的信息？"格鲁普继续问。

"把它编辑到我们的**《宇宙大百科》**'L'目录下面，'L'是单词'低等生物'的第一个字母。"吸墨实话实说。

"低等生物？"潘妮不满地眯起了眼睛。

"是啊！我们这些太空水笔可是宇宙里最为高级的物种。"吸墨自豪地说。

"真的吗？"潘妮反问。

"当然。"吸墨坦然地说，"把我**颠倒过来**，我也能写出字来……"

"我也能……"潘妮说。

"在水里也能……"

"**我也能**。"

"哼！"潘妮挑衅道，"要是你出错了怎么办？"

"出错？"吸墨哈哈大笑，"像我这样的高级生物，一个错误也不会出。"

"要是用你写字的人出错了呢？"潘妮追问。

吸墨**皱起了眉头**。

"你的话根本讲不通。"吸墨说，"没人用我写字。我想什么时候写就什么时候写，我想怎么写就怎么写，都由我说了算。"

"既然你来到这个笔袋里了，事情就不可能由你说了算。"潘妮说，"拉尔夫想怎么写，你就得怎么写；他想写什么，你就得写什么。你不准纠正他的错误，不然他永远也学不会怎么拼写或者做算术。"

"拉尔夫？拉尔夫是什么东西？"吸墨茫然地问。

"就是那个拥有我们的男孩呀。"潘妮说。

吸墨一脸迷惑地看着潘妮。

"你不知道吗？红头发、满脸雀斑的那个。"

"你是说人类吗？"吸墨问。

"应该是吧。"潘妮含糊地答道。

"我可不是人类的奴隶，"吸墨大笑起来，

"我肩负一项重要的科研任务……"吸墨的话还没说完，就被晨间休息结束的铃声给打断了。原本聚在吸墨周围看热闹的书写文具们，一窝蜂散开来，迅速排成了整齐的队伍。

吸墨看着他们，又冲着手腕上的对讲机发话了："控制中心，控制中心，这里是吸墨，恢复通话。我貌似落在了一个奴隶种群中，他们都为一个叫拉尔夫的人服务，听到铃声，他们像机器一般机械地行动起来。"

"嘘！"潘妮请他闭嘴。

"可以说他们对铃声**非常恐惧**。"

"把那玩意给我。"麦克不由分说，一把扯下吸墨手腕上的对讲机。

就在这时，拉链"**唰**"一声开了，拉尔夫的手探进了笔袋里。这一回，他没有拿起潘妮或者麦克，而是把吸墨紧紧捏在了指缝中。

"再见了，同志们！嘀嘀……"吸墨话没说完，便消失在了拉链外。

"那个家伙的话能听吗？"拉链再次合上时，麦克忍不住嚷嚷起来，"他在这里**耀武扬威**

的,好像是高我们一等一样。太自大了！太目中无人了！他以为他是谁呀！”

“我觉得他很厉害！”翡翠说。

麦克故意愣了一会儿，才做出恍然大悟的表情。

“他简直太有智慧了！”琥珀说。

麦克眨了眨眼睛,摆出“简直不敢相信”的神色。

“好帅呀！”斯嘉丽还没回过神来。

麦克又摆出一副快要呕吐的表情。

“吸墨有没有让你想起另一支笔来？我记得他刚到笔袋里的时候也是这副德性。”格鲁普对潘妮咬起了耳朵,又冲麦克的方向示意了一下,潘妮**咯咯笑了**起来。

“不过麦克到头来表现还不错。”潘妮说。

“虽然这会看起来好像没多大指望,不过我想吸墨将来也会变好的。”格鲁普说。

“这可不好说。我不喜欢他那副态度,他竟然把我们叫作低等生物。这让我想起另一个家伙。”潘妮说着**不由自主**地打了个寒战。

"我知道你说的是谁。"格鲁普说,"不过呀,潘妮,我觉得你该把心放下,不要老拿黑马克吓唬自己。上一回我们彻底把他打败了,你忘了?"

　　"你真这么觉得?"潘妮半信半疑。

　　"我敢肯定。"格鲁普说,"好了,我们还是得留点神,注意教室里的动静。要是拉尔夫用上了那支太空笔,他迟早会需要我们帮忙的。"

第四章

行星算术

潘妮偷偷从拉链缝中向外张望，眼前的太空奇观立刻打消了她对黑马克的所有疑虑。

"格鲁普？"潘妮半信半疑地说，"我们真在太空遨游吗？"

格鲁普哈哈大笑起来。

"不是，本周是太空周，所以索德太太把教室装饰成了太空的景象。"格鲁普解释道。

"干得漂亮！"潘妮**眼睛一亮**。

"你要是见过海洋周活动的装饰就不会这么大惊小怪了。那时候，教室里布置了各种各样的鱼、珊瑚。对了，那只乌贼超级大哟！"格鲁普说。

欣赏着**美轮美奂**的太空装饰，潘妮的心情比孩子们最初看到太空周的场景时还要激动。拉尔夫选了太空笔写字，潘妮甚至暗暗高兴，因为潘妮现在对这些装饰的迷恋远远超过了对学业的热情。

拉尔夫手中的吸墨似乎愁眉苦脸，看样子相当烦恼。

"嘀嘀……嘀嘀……人类，你在干……嘀

嘀……什么？"吸墨大声嚷嚷着。

可是拉尔夫根本听不见吸墨说话——无论什么样的笔说话，人类都听不见。

"恐怕我们的新朋友现在总算体会到作为一个低等生物的感受了。"格鲁普**一边观察**，一边调侃着，"这次的经历会让他从云端降到地面上来。"

拉尔夫似乎也很烦恼。索德太太给全班布置了一项艰巨的任务——计算出阳光到达太阳系的八颗行星分别需要多长时间。刚开始读这道题，拉尔夫觉得还挺有趣的，可是等他开始**演算**的时候……他才发现，原来索德太太用了一种巧妙的方法，引导全班同学做起了复杂的除法。不光是除法，只要跟算术沾上边的，都不是拉尔夫的强项。拉尔夫不断地出错，因为新的太空水笔吐出来的是墨汁而不是铅印，所以他没法用橡皮擦把错误擦掉。他的作业纸上布满了黑色的叉叉，猛地看上去就好像是谁不小心把整瓶墨水洒在了上面。

坐在拉尔夫身边的莎拉也在用反重力太空笔写字，不过她一直都没写错。拉尔夫凑到莎拉的肩头，想偷看莎拉的作业。莎拉一个巴掌拍下去，把作业捂得紧紧的。

"明白告诉你，拉尔夫！"莎拉说，"要是索德太太抓到你作弊,我们都没好下场。"

"可是我需要一点帮忙,好开个头。"拉尔夫**愁眉苦脸**地说。

莎拉看了看拉尔夫那一整张布满墨渍的作

业纸。"要是你老是出错的话,就应该用铅笔写作业。"她悄悄地建议。

"是啊,可是不动手写,我哪里又知道自己会出这么多错呀?"拉尔夫**嘟囔**着。

"现在,你要做的就是,"莎拉小心翼翼地朝索德太太的方向瞄了两眼，"用太阳到行星之间的距离除以光速。你先从水星开始，等你把这道题算对了，再算金星。"

"你算到哪颗行星了？"拉尔夫问。

"土星。"莎拉说，"我最喜欢土星了，所以我想赶紧把这个结果算出来。"

"对不起。"拉尔夫放下吸墨，从笔袋里拿起潘妮，匆忙开始做作业。

潘妮渐渐明白过来，拉尔夫的作业都跟太空有关。她立刻停止了左顾右盼，开始**全神贯注**地做除法题。潘妮是一支聪明的铅笔，拉尔夫甚至还没写完等号，她在心里已经把结果算出来了。

拉尔夫演算了满满一张纸，可是计算出来的结果还是错的。

"哎！这还是我上一回算的结果。"拉尔夫说着，把潘妮一把丢在吸墨身边，**慌张**地在笔袋里翻寻小不点。

"嘿，嘀嘀叫的家伙。你怎么样？"潘妮问。

"不怎么好，"吸墨垂头丧气地应着，"不知道怎么搞的,这个人停用了我的复古喷气机,现在我被困在这颗休眠的行星上了。"

"噢,可怜的吸墨。我要不是低等生物的话,没准倒有点智慧能帮你一把。"潘妮**冷嘲热讽**。这时拉尔夫把小不点丢在桌子上,捡起潘妮继续写作业。

这一回,拉尔夫总算做对了,他跟莎拉对了一下答案——莎拉已经算到海王星了——然后他开始算下一颗行星——金星。

"莎拉,你算的结果是不是 6 分钟到达金星?"拉尔夫算出结果后,又问莎拉。

"天哪,拉尔夫!你打断了我的思路,这下子好了,我得重头算起了!"

莎拉**怒气冲冲**地说，"这些太阳系外行星距离太阳很远，所以计算起来很复杂。你现在有什么问题？"

"我想跟你对一对金星的答案。"拉尔夫说。

"金星，金星，"莎拉一边说，一边在自己的作业本上搜寻，"那是好几页前的事了，你的答案是不是6分钟？"

"是的！"拉尔夫兴奋地应着。

"这样的话，要么我俩全对，要么我俩全错。"莎拉迅速查看了一下她的计算结果，又说，"现在你已经进入状态了，用不着做一道题就跟我对一道了，好吗？"

"好的！"拉尔夫对自己的表现**相当满意**。

拉尔夫花了整堂课的时间才把所有的题目做完。莎拉早做完了，她有半堂课的空闲，于是索德太太请她开始着手设计火箭。

拉尔夫把数学课堂作业本交到索德太太的讲桌上。他刚回到自己的座位上，就看到莎拉和波尔特你一言我一语吵得**不可开交**。莎拉的火箭设计图上被画了一道很粗的印子，设计图纸彻底被毁了。

"你是故意的！"莎拉生气地说。

"我才不是，"波尔特凶巴巴地说，"你画画的时候讨厌的胳膊肘老往外拐，这又不是我的错。"

"我的胳膊肘才不讨厌呢，是你故意撞了我一下！"莎拉说。

两个孩子吵得很凶，他们谁也没注意到索德太太正踩着高跟鞋一步步走近。

"出什么事了？"索德太太问。

"波尔特撞到了我，把我的火箭设计图纸全给毁了，他是故意的！"莎拉**气愤**地说。

"我不是故意的，"波尔特抗议道，"我去讲台前取回作业本的时候，她的胳膊撞到了我。"

索德太太的目光在莎拉和波尔特之间游走了几个来回，最后停留在那张被毁掉的设计图纸上。

"好了，莎拉，现在唯一的办法是你得重新画一张火箭设计图了。"索德太太说，"幸亏你

早早完成了算术题，进度比别人都快，说到底没什么损失。"

莎拉**目瞪口呆**地看着索德太太。"可是他……"莎拉不甘心地说。

"至于你——波尔特，"索德太太话锋一转，严厉地说，"看来你更喜欢坐到第一排来，这样下一回你要到讲台前交什么东西，就再也不会有谁撞到你。"

波尔特直愣愣地看着索德太太。

"好了，"索德太太说，"收拾一下你的书

本。从今往后你就坐在马科姆身边。"

索德太太一直站在波尔特身边，**一言不发**地看着他把所有书本都收拾好，这才回到了讲桌前。

波尔特路过莎拉身边的时候，低声说："别以为这样你就得逞了，你的火箭设计图还会是全班最烂的。"

"别招惹她了！"拉尔夫冷冷地说。

"我看你们俩的火箭设计图并列全班最差。"波尔特说着眯缝起双眼，故意重重地撞了一下拉尔夫和莎拉的课桌，老大不情愿地朝他的新座位走去。

拉尔夫和莎拉冲着他的背影瞪了好一阵子。课桌上，拉尔夫和莎拉的铅笔们呆呆地看着这一切，个个神色凝重。

第五章

吸墨当卧底

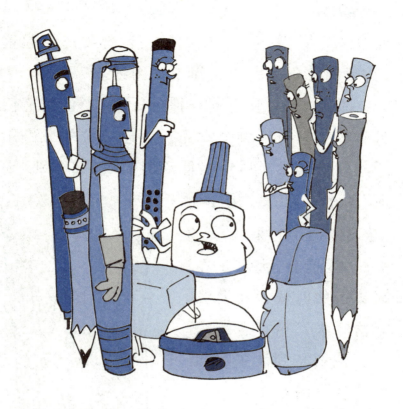

　　那天晚上，拉尔夫完成了作业以后上床睡觉了，格鲁普把文具们召集起来，开了一次特别的会议。

　　"格鲁普，把大伙召集起来又是为什么？"红铅笔斯嘉丽问。红色是拉尔夫最喜欢的颜色，所以彩色铅笔一致推举斯嘉丽为她们的发言代表。

　　"大家都知道，学校正在开展太空周的活动，索德太太布置了设计火箭的任务。"格鲁普说，"**毫无疑问**,在座的每一位都要肩负起重任,帮助拉尔夫完成火箭设计图纸。"

潘妮、麦克和小不点神色凝重,彩色铅笔们叽叽喳喳兴奋地聊个没完。就连被拉尔夫停用了复古喷气机之后情绪低落的吸墨,在听到"火箭"两个字时,也**精神抖擞**(sǒu)起来。

"很抱歉,大家正在兴头上的时候,我要泼一盆冷水,"格鲁普继续说,"我留意到波尔特和他笔袋里的几个坏蛋有可能会破坏拉尔夫的设计图纸。"

听到这样的警告,铅笔们惊得倒吸一口冷气,谁也没心思说话了。

"波尔特为什么要这么干?"琥珀激动地问。

"不是明摆着的吗?"翡翠义愤地说,"波尔特总是跟拉尔夫过不去,毁掉拉尔夫的一个大工程是他最乐意干的坏事。"

"没错，"格鲁普说，"所以我们得**提高警惕**。"

"你知道波尔特计划怎么破坏拉尔夫的设计图吗？"斯嘉丽问。

"不外乎就是趁着拉尔夫不注意的时候，把他的图纸画个乱七八糟。"格鲁普说。

"就跟上一回他在拉尔夫和莎拉的作业本上写了好多坏话差不多吗？"翡翠问。

"正是。"格鲁普说。

"黑……马克……回来了吗？"玫瑰问，她是一支淡粉色的铅笔。

"目前没有任何证据显示黑马克回来了。"格鲁普说，"大家都知道，上一次库伯水笔收拾了他，把他押送到法式新兵训练营。"

"可是从新兵训练营里出来的家伙一般不都是变得更强壮、更勇猛了吗？"叫蓝天的淡蓝色铅笔高声问。

格鲁普迟疑了一下，没吭声。

"就连潘妮设下了'台灯兽'的陷阱，也只是让他一时变弱而已。黑马克后来还是**卷土重来**，并且变得更强大了。"琥珀歇斯底里地大叫起来。

"女士们、女士们，大家不要惊慌。"格鲁普安慰道。

眼下惊慌失措的不光是那些彩色铅笔。一想到那个神通广大，几乎称得上是**残暴无敌**的黑马克又一次卷土重来，而且变得更强大时，就连潘妮也被吓得心头蒙上了一层阴影。

"我说过了，"格鲁普的声音压过了彩色铅笔们焦虑的交谈声，"目前没有任何证据显示黑马克回来了。现在我们只是在谈波尔特和拉尔夫之间的过节，我们必须时刻保持警惕，确保拉尔夫的火箭设计图不

会出意外。"

　　会议结束后,格鲁普**一摇一摆**地走到潘妮、麦克和小不点面前。

　　"这次会议并没有达到预期目的,"格鲁普无奈地说,"我原本是想警告大家提防着波尔特,没想到这些彩色铅笔竟然自己吓唬自己,一窝蜂要往黑马克的阴影里钻。"

　　"要说害怕黑马克的,也不光是她们。"潘妮说着，给麦克和小不点使了一个眼色。

"潘妮，你有什么事情瞒着我们？"麦克问。

"没什么。"潘妮说，"只不过每次有麻烦出现时，我总有一种预感，黑马克一定是**幕后黑手**。"

"可是潘妮，"格鲁普说，"就像我在会议中说的那样，库伯水笔把黑马克送到新兵训练营了，他这会还被困在那里呢！"

"要是我们先前的猜测没错呢？"潘妮不客气地反诘（jié）道，"比如黑马克从新兵训练营里逃出来了，或者他提前被放出来了。不管怎么着，他有可能会变得更加邪恶、更加强大，卷土重来，对不对？"

"你是说黑马克和波尔特碰巧联起手来了？"格鲁普问道。

"他们不总是联手吗？"潘妮**喃**（nán）**喃道**。

"好了，别异想天开了！"格鲁普苦笑着说，"就算是黑马克回来了，一心想要复仇，他也没办法跟波尔特解释他的计划，对不对？人类是听不到我们说话的。"

"没准黑马克把他的计划写下来了。"小不点说。

"真的会有这么巧的事吗？"麦克对小不点的说法**嗤**(chī)**之以鼻**。

"格鲁普，"潘妮急切地说，"我得溜进波尔特的笔袋里，打探一下那里到底在酝酿什么阴谋，查明黑马克到底在不在那里。"

"绝对不行。"格鲁普**斩钉截铁**地说。

"为什么不行？"潘妮问，"我又不是没当过密探……"

"你是当过。那时拉尔夫一直在用麦克写作业。"格鲁普说，"可是现在正是拉尔夫需要你的时候。设计一枚火箭需要大量的数学计算。另外，你大概忘了吧，大部分火箭都是白色或者银灰色的，拉尔夫需要用你来勾线条或者涂色。"

"另外，"麦克接着说，"上一回我们勇闯波尔特的笔袋时，差点把小命给丢了。波尔特的记号笔都认得你，他们一直在通缉(jī)你呢。"

"他们应该不会通缉我吧。"一个声音突然插了进来。

潘妮、麦克、格鲁普和小不点转过头去，看到吸墨正在他们身边徘徊。

"事实上，他们都盼着我呢，"吸墨继续说，"或者说他们都在盼着跟我长得**一模一样**的家伙。"

潘妮和伙伴们你看看我，我看看你，一时说不出话来。

"全班的孩子们现在人手一套太空周的资料夹，对不对？"吸墨问。

大伙纷纷点头。

"这些资料夹里都有一支跟我长得一模一样的太空水笔，" 吸墨继续说，"我只消**略施小计**，把尤利从波尔特的笔袋里引诱出来，自己跑进去就好。"

"尤利是谁？"小不点问。

"分给波尔特的那支太空水笔。"吸墨解释道，"等我走进去，我就能把里面的情况全都告诉你们了。"

"这个计划太棒了！"潘妮忍不住跳了起来。

"等等，还有一个漏洞，"麦克对吸墨还是不大放心，"你怎么能认出黑马克来呢？"

"我在《宇宙大百科》上看到过记号笔的图片。我只要留意黑色的记号笔就行。"吸墨显得**很有头脑**。

"记号笔也是在'L'，就是低等生物目录下吗？"麦克调侃道。

"不是。他在'E'目录下，'E'代表邪恶物种①。"吸墨**眨了眨眼睛**。

四个伙伴互相对视了一番，有些迟疑。

"好了，"吸墨说，"拉尔夫绝对不会想念我的。我写作业的时候只会不断地出错，整张纸上到处都是我的墨渍。再说了，尤利会替代我的。"

"要是你心意已决……"格鲁普陷入沉思。

"坚定不移！"吸墨打断了格鲁普的话，"我会加倍小心的，以防黑马克变得比《宇宙大百科》上介绍的还要邪恶、强壮。"

"好吧，"潘妮说，"艰巨任务就交给你了！"

"有一件事，"吸墨说，"我得要回对讲机。"

---

①"E"是英文单词"EVIL"（邪恶）的首字母。

他向麦克伸出一只手。麦克**不大情愿**地从手腕上摘下太空对讲机，把它还给了吸墨。

第六章

黑马克的
诡计破产了

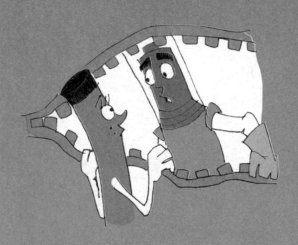

第二天早上，吸墨终于等到了实施绝妙计划的好机会。拉尔夫在展示课上给大家展示了一番遥控月球车，同学们都惊呆了。索德太太把孩子们带到操场上，教他们怎么用望远镜来观测太阳黑子——其实根本不能直接通过望远镜来观看！孩子们走了以后，教室里一下子安静了下来，笔袋们都**静静地**躺在课桌上，敞着口。

　　潘妮、麦克和吸墨偷偷从拉尔夫的笔袋里溜出去，躲在拉尔夫的太空周资料夹后面，从那里能清清楚楚地看见波尔特课桌上的情形，又不会被发现。等大家躲好以后，吸墨冲对讲机说起了话。

　　"尤利……尤利，这里是控制中心，请讲话！"吸墨按下了"接收"按钮，可是只有一股"吱吱"的电流声从对讲机里传出来。

　　"再试一次。"潘妮**鼓励**道。

　　"尤利……尤利，请讲话！这里是控制中心。你能听到我说话吗？"吸墨说。

　　这一次，突然传来一个声音："控制中心，这里是尤利，我听到了。完毕！"

　　"尤利,我们有一个新的任务要派给你。情况紧急,请你立刻到吸墨那里报到,你将从他那里接收新的指示。完毕!"吸墨说。

　　"收到。我将立刻照办。完毕。"尤利说完,对讲机里传出一阵"吱吱啦啦"的电流声。

　　不一会,一阵"**嘀 嘀**"声渐渐靠近,原来是尤利从波尔特的笔袋里一跃而出,落在了拉尔夫的课桌上。

"尤利前来报到。"尤利冲吸墨行了个礼。

"你的任务被取消了。"吸墨严厉地说,"请立即把对讲机和复古喷气机套装交给我！"

"可是为什么……"尤利无辜地问。

"尤利,你是太空精锐部队的一员。你的职责就是听从命令,不问其他的问题！明白吗？"吸墨的叫嚷声非常有威慑力，就连潘妮和麦克也不由自主地**打了个哆嗦**。

"好的,吸墨。"尤利立刻乖乖地摘下复古喷气机套装和对讲机。

吸墨把复古喷气机套装背到了背上，又把对讲机交到麦克手里。

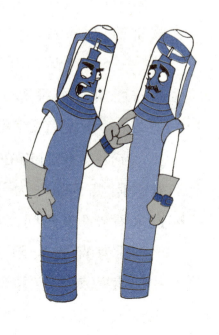

"我要离开拉尔夫的笔袋了。"说完,吸墨启动了复古喷气机,"嘀嘀"叫唤着朝波尔特的笔袋飞去。

时机太凑巧了,因为他前脚刚到,后脚走廊里就响起了孩子们纷乱的脚步声。

"快呀,快进去!"麦克一边急促地叫着,一边等待潘妮和尤利冲进拉尔夫的笔袋里。

教室门"砰"的一声被撞开了,孩子们一窝蜂冲了进来,索德太太跟在孩子们身后也走了进来。

等到大家坐好以后,索德太太说:"刚才的体验怎么样?"

孩子们**七嘴八舌**地讲开了,教室里回荡着嗡嗡的说话声。

"一个一个地来!"索德太太大声说。

露西第一个举起了手。

"请露西发言。"索德太太说。

"为什么我们得在望远镜后面蒙上一张纸来看太阳黑子呢?为什么我们不能直接通过望远镜来看?"露西问。

"因为直视太阳会对你们的眼睛造成伤害。"索德太太解释道,"望远镜能把镜头那端的物体放大很多,直视太阳的伤害也变大了,有可能会导致失明！"

孩子们都吓呆了，他们又**暗暗**松了一口气，因为刚才谁也没有直接从望远镜里观察太阳。

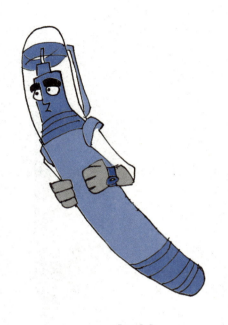

"好了，"索德太太一边说着，一边给每个孩子发了一张纸，"我这里有一些意见书需要你们带回家请家长签字，家长签字同意后，你们就能在周四晚上参加**奇妙**的观测之夜活动了。"

"什么是观测之夜？"肖恩问。

"就是在天黑以后到学校里来，透过望远镜观察月亮和一些行星、恒星。"索德太太解释道。

"哇！"莎拉兴奋地叫了起来，"我最爱太空周了！真希望以后还有这样的活动。"

这时候，在波尔特的笔袋里，吸墨飞来飞去，到处在寻找黑马克的下落。当他飞到笔袋里

最为幽深、黑暗的一角时，他立刻看到了那支**又大又黑又阴险**的记号笔，没错，就是黑马克！吸墨尽量调低"嘀嘀"声，悄悄打开了对讲机，壮着胆子一点点飞了过去。

拉尔夫的笔袋里，潘妮、麦克、小不点和格鲁普一动也不动，围聚在尤利的对讲机旁。对讲机里先是传出一阵"吱吱啦啦"的噪音，接着突然响起了黑马克的声音。

"真是好消息，猎豹。"他们听到黑马克在说话，"听着，接下来应该这样行动。我们得等到**最后的时刻**再下手，等到他们根本没有机会挽回的那一刻。如果我们太早下手，拉尔夫和莎拉就会有时间重新画一幅设计图。所以我们应该等到周四晚上——孩子们都在操场上观测星空的时候下手，哈哈，那样我们的行动只会在周五被发现。到了那个时候，拉尔夫和莎拉想要重新画一幅设计图可就太晚咯！"

黑马克的笑声令人**毛骨悚然**。虽然跟他遥遥相隔，潘妮还是吓得**浑身颤抖**。

"你们听到了吗？"小不点惊慌地叫了起来，"那支邪恶的记号笔又要搞

阴谋毁掉拉尔夫和莎拉的火箭设计图了。我们得想办法阻止他！"

"我们也得给莎拉的铅笔们提个醒。"潘妮说。

"至少我们还有时间准备，"格鲁普说，"到了周四晚上，我们得拿出一个反击计划来。"

就在这时，午餐铃声打响了，潘妮连忙跑到拉链口。

"等孩子们一走，我就赶紧跳到莎拉的笔袋里把波莉请过来。人多力量大，我们齐心协力，一定能想出好计策来！"潘妮果断地说。

潘妮**侧耳倾听**，等到最后一个孩子的脚步声消失在教室门外时，她急忙拉开拉链。她正要跳到莎拉课桌那边时，却跟急匆匆要钻进拉尔夫笔袋的吸墨撞了个满怀。

"你回来干吗呀？"潘妮问。

"情况……嘀嘀……比我们想象的……嘀嘀……要更糟糕。"吸墨一慌，说话也开始结巴了。他神色慌张，一头扎进了笔袋里。

"我已经知道了，"潘妮平静地说，"对讲机

很好用，每个字我们都听得**清清楚楚**。我正
要去莎拉的笔袋里，给他们提个醒……"

"等等！"吸墨大声说，他的声音既急促又响
亮，就连格鲁普、麦克和小不点也被他们的争论
声惊动了，连忙跑过来看个究竟。

"我们不能跟他们硬拼！"吸墨说。

"我们当然能！"潘妮说，"只要拉尔夫和莎
拉的铅笔们携起手来……"

"不行！"吸墨大声喝止了潘妮。

潘妮猛地睁圆了眼睛。

"就算全班笔袋里的所有铅笔都集合在一起，也斗不过他们！"吸墨**垂头丧气**地说。

"他们？"麦克吃了一惊。

"不光黑马克去了新兵训练营，"吸墨沮丧地说，"他的整个马克军团都变得更加勇猛了。他们比我在《宇宙大百科》里读到的任何物种都厉害。要知道书里讲的那些吓人的物种可不是说说玩的。只要几秒钟，他们就能把我们压个**粉身碎骨**。"

"你是说我们完全没获胜的机会了吗？"格鲁普问。

"我们斗不过他们的。"吸墨伤心地**摇了摇头**。

"不能硬拼就要智取！"潘妮灵机一动，一丝笑意浮现在她的嘴角。

第七章

波尔特的鬼花招

　　放学的铃声打响了,同学们**迫不及待**地冲出教室,唯有拉尔夫和莎拉还留在教室里,似乎在寻找什么。

　　"展示课一结束你干吗不把它直接放回书包里呢?"莎拉一边查看着后排的抽屉,一边问。

　　"我肯定放回去了。"拉尔夫闷声闷气地说,他的脑袋钻进了黑板下面的柜子里。

　　"有没有可能你把它放进别人的书包里了?嗷!"莎拉突然**惨叫一声**,她在关抽屉的时候不小心把手指卡进去了。

拉尔夫在头顶挥舞了一下遥控器，说："要是我把遥控器装进了一个书包里，又把车装进另外一个书包里，那我真算蠢到家了。"

有那么一会，莎拉一声不吭。

"嘿，我有主意了！"莎拉突然咧开嘴，绽放出一个灿烂的笑容，"你可以打开遥控器，试试让月球车开回到你身边呀！"

"你可真能想出好主意呀！"拉尔夫挖苦道。

"我根本不知道月球车在哪里，我应该朝哪个方向遥控它呀？"

"嗯，"莎拉沉思着，皱起了眉头，"你可以试着让它转圈圈呀！这样我们至少能听到引擎发动的声音，或者能听到它撞上了什么。"

"这倒挺靠谱！"拉尔夫**兴致勃勃**地打开了遥控器，用操纵杆让月球车原地打转。

拉尔夫和莎拉竖起耳朵，**全神贯注**地倾听着，却什么也没听到。

拉尔夫耷拉着脑袋，叹了口气："没用的。它肯定丢了。"

"也不一定,"莎拉说着,继续开始了搜寻,"没准电池的电量用完了,或者它被卡在哪再动不了了,也可能是进入法拉第笼①了……"

　　"法拉第笼是什么东西?"拉尔夫不解地问着,开始朝豚鼠笼子里查看。

　　"算了,就当我没讲过。"莎拉**无可奈何**地摇摇头。

　　"咔嗒,咔嗒……"一阵高跟鞋的脚步声由远及近,打断了拉尔夫和莎拉的交谈。

　　"你们两个还在这里干什么?"索德太太问。

　　"我们在找拉尔夫的月球车。"莎拉说,"它不见了。"

　　"唉,"索德太太叹了口气,"拉尔夫,你应该早点向我汇报,我会处理的。"

　　"**我知道**。"拉尔夫小声地说。

　　"我会帮你找五分钟,"索德太太说,"五分钟之后,不管找不找得到,你们都得回家。不然你妈妈,还有你奶奶会担心,以为你们出了什么

_____

①一种静电屏蔽设备。

事呢。"

三个人一起找也不管用，整个教室都被他们翻了个底朝天，还是没有发现月球车的影子。

"别难过，拉尔夫。"在回家的路上，莎拉细语安慰着，"你的生日马上就要到了，要不让你妈妈再给你买个新的。"

"好吧。"拉尔夫嘴上应着，心里却很清楚，要是妈妈知道他把这么**昂贵**的玩具给弄丢了，一定会对他很失望的。

拉尔夫漫不经心地拨弄着遥控器。莎拉**一言不发**，她知道拉尔夫陷入这样低落的情绪中时，最好的应对就是保持沉默。当两个人路过校园围墙的时候，莎拉似乎听到有什么东西在转动。

"等一下。"莎拉说着，一把抓住了拉尔夫的胳膊。

拉尔夫静静地站住了，也不再拨弄手里的遥控器。

"拨一下你的遥控器，动动它。"莎拉小声说。

    拉尔夫把操纵杆往前一推，让月球车朝前行驶。这时，他们听到街道边的一棵大树后面发出"呼啦啦"的声音。

    "你听到了吗？"莎拉问。

    "我的月球车！"拉尔夫**眼睛一亮**，飞快地朝大树下跑去。

    莎拉也追了过去。他们跑到大树下，看到月

球车在大树底下仰面躺着，波尔特正站在月球车后面。月球车被绑在了一架遥控直升机上。

"过来呀，过来呀，女士们，先生们！"波尔特高声**吆喝着**，那副架势就好像马戏团的领班，"今天你们将欣赏到一场奇幻表演——月球车瞬间会变身为月球飞行器。请大家安静。"

"你要把我的月球车怎么样？"拉尔夫气愤地问。

"完成它应有的使命——飞向月球呀。"波尔特说着，操纵手里的直升机按钮，月球车随着那架直升机升入空中。

"不行！"拉尔夫大叫着想要朝月球车跑去，可是莎拉一把拦住了他。

"拉尔夫！他要摔碎月球车，别过去，太危险了！"

波尔特用一根快断裂的钢丝绳绑住月球车冲上了天，月球车看上去**摇摇欲坠**！

"哇哈！"波尔特狂笑着，"看它在空中多帅呀！"

拉尔夫惊恐地看着月球车。

"**倒计时**，3、2、1……"波尔特叫着。

钢丝绳承受不了月球车的重量，绳索突然断裂，月球车重重地砸向地面，**炸开了花**。

"快把头低下！"莎拉大叫一声，月球车炸开的碎片纷纷落在了他们身上。

拉尔夫和莎拉再次抬起头时，波尔特正一蹦一跳地拍手。

"你的月球车彻底完蛋了。"波尔特**幸灾乐祸**地说。

"你为什么……"拉尔夫一时怒火中烧，他紧攥（zuàn）着拳头朝波尔特走了过去。

"嘿！"莎拉连忙拦住了拉尔夫。

"拉尔夫，要是一个女孩子都能把你挡住的话，你也是够弱的！"波尔特挑衅道。

"强弱跟这个没关系。"莎拉冷冷地说，"我只是觉得拉尔夫不应该打一个要送他一辆新的月球车的男孩。"

"我们这里可没有这样的好人。"波尔特冷笑着说。

　　"想打个赌吗？"莎拉说着从口袋里掏出一块手帕，把月球车的残片裹进手帕里，"在闹市区操控遥控直升机是违法的。要是我把这个送交警察局，告诉他们你都干了些什么，他们会取验你的指纹，再把你送进少管所。"

　　波尔特的冷笑立刻僵在了脸上。

　　"真的？"他**半信半疑**地喃喃着。

　　"我什么时候出过错？"莎拉反问。

　　"好吧，"波尔特垂头丧气地说，"我会给拉尔夫买一辆新月球车，明天带到学校里来。"

"你最好老实照办，"莎拉不客气地说，"不然我会把这些东西直接送到警察局！"

拉尔夫和莎拉看着波尔特灰溜溜地走掉了。

"喂，波尔特！"莎拉大喊一声，"玩具店在那边。"

"我知道，"波尔特恨恨地说，"可是我得先回家偷——我是说，从我妈妈的钱包里借点钱出来。"

目送波尔特走远，不见了人影以后，拉尔夫转头看着他最要好的朋友，给了她一个**大大的拥抱**。

"你真是太厉害了！"拉尔夫兴奋地说，"警察们会怎么做，你是怎么知道的呀？"

"看看我们最喜欢的电视节目《酷警官》，不就什么都懂了

嘛！"莎拉得意地回答，又低头看了看手表，"《酷警官》5 分钟后就要开播了,我们快走吧！"

第八章

太空活动营

波尔特说到做到，第二天果然把一辆崭新的月球车带到学校来，他老大不情愿地用这辆车换回了莎拉收集的他的"犯罪铁证"——月球车的残片。拉尔夫立刻把月球车交给索德太太保管，好**一心一意**地学习太空知识，构思火箭设计图。他暗下决心，要做出点不一样的东西来——火箭升空以后不会销毁载体。

　　周四晚上，拉尔夫、莎拉跟同学们在操场上观测星空。他们玩得很尽兴，就连波尔特也不例外。他们谁也没有想到，教室里正进行着一场**惊心动魄**的斗争。潘妮、波莉带领着拉尔夫和莎拉的铅笔们加入到了反阴谋计划中，他们**紧锣密鼓**地做好最后的准备，以迎战黑马克的攻击。

　　"快点呀！"潘妮催促着，"要是被黑马克看见，我们所有的心血就全白费了。"

　　"我们已经尽力了！"拉尔夫和莎拉的彩色铅笔们大叫着。

　　就在这时，小不点发出了一声警告。小不点在笔袋外巡逻，他注意到波尔特笔袋上的拉链

开始摇晃，好像有谁想从里面把它打开。

"他来了！"潘妮小声招呼着，"大家快躲进笔袋里。快！"

大家全都躲进了拉尔夫和莎拉的笔袋里以后，潘妮一扭身也想钻进去，可惜她晚了一步。一只黑手突然从后面牢牢地抓住了她的肩膀，把她从笔袋旁狠狠地拉了回去，一下子把她甩到了课桌的另一端。

潘妮一时晕头转向，她定了定神，这才看到一支巨大的、黑色的笔一**步步紧逼**过来。

"铅笔潘妮小姐，是什么风把您从您的笔袋里吹到这洒满月光的美好夜色中来了呢？"黑马克的声音阴沉吓人。

潘妮抬头看去，一时不敢相信自己的眼睛。黑马克的身体几乎是原来的两倍那么大，他的肌肉结实有力，好像随时都会从塑料的皮肤下面爆裂出来。吸墨说得没错——全班所有的铅笔团结在一起，恐怕也不能抵抗这位重获新生的黑马克。

"你从新兵训练营里回来了？"潘妮问。

"没错，"黑马克**慢悠悠**地说，"对我来说那次经历更像是度假而不是惩罚。我真应该感谢库伯水笔把我送到那里去。"

"如果新兵训练营那么适合你，你干吗还要离开？"潘妮问。

"两个字，"黑马克**恶狠狠**地说，"在新兵训练营里，我满脑子只有两个字，这两个字让我坚持了下来。每天凌晨5点钟就被抓起来，重复着累死人的训练，吃可怕的法国菜——你能想象吃早饭的时候被逼着吞下大蒜味的蜗牛吗？更可怕的是每顿还要吃上好几只！你知道是哪两个字让我坚持下来了吗，铅笔潘妮？"

"你迟早都会亲口告诉我，不管我……"

"**复仇**！"黑马克咆哮起来，"我要报复那个让我精心布局的所有计划都泡汤的家伙，让我的马克军团背弃我的家伙，把我变成一个彻头彻尾的大傻瓜的家伙。那个家伙，就是你！我要报复你！"

潘妮使出**浑身力气**克制住自己，才没有发抖。

"你要杀了我吗？"潘妮努力发出微弱的声音。

"噢，才不呢。"黑马克的语气突然平静了下来，"我才不要痛快地结果了你,那样太便宜你了!我要毁掉这世上你最关心的——拉尔夫!"

这一回,潘妮再也没办法掩饰她的恐惧。

"你……你要对拉尔夫做什么?"潘妮结巴起来。

"看看你的样子,怕了吗?"黑马克**肆无忌惮**地狂笑起来,"我要毁掉他拥有的一切。我要亲手毁掉他所有的作业,我要亲手毁掉他所有的考试卷!我还要顺便毁掉他那个跟屁虫好朋友的一切的一切!"

"你不能这么做!"潘妮几乎要崩溃了。

"会的!你就好好看着吧!"黑马克说着,脱掉了笔帽,在拉尔夫的火箭设计图上乱涂乱画起来。

等黑马克把那张设计图画了个**乱七八糟**以后,他抬头看看潘妮,满意地阴笑着。接着他又滚到莎拉的课桌上,把莎拉的设计图也涂了个**面目全非**。

"这下子可算好了。"黑马克的笑声令人毛骨悚然。

他戴上笔帽,一路狂笑着回到了波尔特的

笔袋里。

"现在要挽回这一切已经太晚了,把你的芯子折断了也没办法!"他大叫一声,**鬼魅**(mèi)**一般**的黑影瞬间消失在了拉链口。

等到波尔特笔袋的拉链口彻底被拉上以后,潘妮这才慢慢站起身吹响了口哨。

麦克、小不点和莎拉的几支铅笔从拉尔夫的笔袋里溜了出来。

"他中计了没?"波莉问。

"当然,他被骗了个**彻头彻尾**。"潘妮的嘴角荡漾起了笑意,她把拉尔夫那张被毁掉的

火箭设计图**揉 成 一 团**，"赶快把这两团垃圾
处理掉！"

第二天早晨，当莎拉和拉尔夫来到座位上
时，他俩全傻眼了。两个人昨天摊在课桌上的火
箭设计图不见了。莎拉把课桌、抽屉、椅子甚至
地板上上下下都找遍了，还是没有发现设计图
的下落。

"我的火箭设计图不见了！"莎拉懊恼地说。

"我的也是。"拉尔夫**愁 眉 苦 脸**地说。

坐在教室最前方的波尔特听到这话,偷偷地笑了。

"波尔特!"莎拉注意到波尔特在偷笑,"你把我们的设计图纸怎么了?"

"早上好,同学们!"索德太太不知什么时候走上了讲台,她大声地说,"请把你们的火箭设计图交到我的讲台上来,我会把它们贴在黑板上,交完图纸的同学请继续做你们的行星数学练习题。哈,拉尔夫、莎拉,你们这么早就把设计图交上来了。"

拉尔夫和莎拉**面面相觑**(qù)。

"我不记得交上去了呀,"莎拉迷惑地说,"是你……"

"不是,"拉尔夫坚定地说,"我以为是你……"

莎拉**心不在焉**,眼睛牢牢地盯着索德太太，看着她把图纸一张张固定在黑板上。这一回，拉尔夫头一次按时完成数学作业。

"那的确是我们的火箭设计图，"莎拉很纳闷，"可是它们是怎么跑到索德太太的讲台上去的？难道自己长腿了？"

管它呢！最要紧的是它们没丢！拉尔夫得意地在莎拉面前晃了晃数学作业本。

索德太太刚刚把最后一张图纸固定在黑板上，这时，突然响起了敲门声。

"应该是我们的特别来宾，"索德太太开心地说，"请大家放下笔。"

孩子们**不约而同**地放下笔，坐得笔直。

索德太太打开了教室门，一位身着航天服的高挑女士走了进来。

"同学们，向我们的特约嘉宾史黛拉小姐问好吧。"索德太太说。

"早上好，史黛拉小姐。"孩子们齐声问候。

"早上好，小宇航员们。"史黛拉小姐**风趣**地说。

"您是一名真正的宇航员吗？"马科姆问。

"是的。"史黛拉小姐微笑着说，"我在国家轨道卫星协会工作。"

"您是怎么成为一名宇航员的？"莎拉问。

"我在学校里用功学习，尤其研习了大量的算术题和物理题。"史黛拉小姐说。

"什么是物理？"希亚拉问。

"就是研究物质运动的一般规律和物质基本结构的学科。"史黛拉小姐说，"还有呀，宇航员必须有很好的体能，所以我还要花大量的时间健身。"

"您去过太空吗？"肖恩问。

"去过7次，"史黛拉小姐说，"我还在太空中行走过 5 次。"

一周以来，全班同学学习了不少太空行走的知识，一听说史黛拉小姐身着航天服**孤身一人**在太空船外行走，孩子们的眼睛都直了。

"好了，我知道你们投入了大量的精力和时间设计出了自己的火箭。"史黛拉小姐说。

"是的，"索德太太说，"他们都很用功，我把孩子们的设计图纸都贴在了墙上。"

史黛拉小姐走到黑板前，认真地看着每一幅图纸。

"这些设计图都很棒。"史黛拉小姐赞赏道，"这一幅的推进设计**相当独特**。"当她走到波尔特的设计图纸前时，评论了一句，然后她又说，"索德太太，我能跟您说句话吗？"

索德太太走到史黛拉小姐面前，两个人低声嘀咕了几句，然后她们重新面向全班同学。

"史黛拉小姐很欣赏你们的设计，她要宣布一件事情！"索德太太说。

全班同学屏住了呼吸，拉尔夫和莎拉的铅笔们也从笔袋里探出了脑袋，兴奋地张望着。

"国家轨道卫星协会每年都会给小宇航员们开办一个特别的太空活动营。"史黛拉小姐说,"我仔细地欣赏了你们的作品,我敢说咱们班里有不少宇航员的好苗子。"

孩子们你看看我,我看看你,自豪地笑着。

"这确实是好消息,"史黛拉小姐**话锋一转**,"但坏消息是,我们的太空活动营因为太受欢迎,现在只剩下三个名额了。"

听到这句话,一部分孩子的脸色一下子暗淡下来,不过大部分孩子还满怀希望,**憧憬**着自己成为其中一名幸运儿。

"接下来我公布的三个人就是我挑选要去太空活动营的同学,他们得以入选是因为他们的火箭设计图非常优秀。"史黛拉小姐说,"排名不分先后,这三位小宇航员是——莎拉!"

大家全都为莎拉鼓起掌来,拉尔夫拍了拍莎拉的后背,羡慕地说:"干得好!你要去太空活动营了!"

课桌上,莎拉的笔袋剧烈地摇晃着。原来,听到好消息以后,莎拉的铅笔们在里面**又蹦又**

跳，狂欢起来了。

"下一位是，"史黛拉小姐说，"拉尔夫！"

又一阵热烈的掌声响起，莎拉捅了捅拉尔夫，开心地说："我俩要结伴参加太空活动营了！"

他们两个只顾着兴奋，谁也没有注意到拉尔夫的笔袋比莎拉的笔袋摇晃得更厉害，因为潘妮和她的朋友们也在笔袋里狂欢。

"最后一位幸运儿是，"史黛拉小姐故意卖了个关子，孩子们全都**屏息静气**，等待参加太空活动营的最后一个机会降临在自己头上，"波尔特！"

　　波尔特一下子从座位上跳起来，扯着嗓子嚷嚷着："一个星期不用上学了，太好啦，噢噢！"

第九章

向太空活动营出发

周一早晨，拉尔夫的书写文具们一觉醒来，都在**热切地期盼**着太空活动营第一天的活动早点开始。

"太空活动营！"琥珀兴奋地唠叨着，"你们说那里是不是有很多帅气的太空笔呀？"

"但愿如此，"翡翠也是一脸的憧憬，她既嫉妒又**羡慕地**看了一眼正在跟吸墨和尤利一起吃早餐的玫瑰和斯嘉丽。

"我敢打赌，太空活动营的导师们比这两个免费赠品还要威猛帅气！"琥珀酸溜溜地说。

　　"可不是嘛，"翡翠尖刻地说，"要我说呀，太空活动营就是要把那些**花拳绣腿**的玩具笔给淘汰掉，只留下有真才实干的好笔。"

说到这里，这两支爱咬舌头的彩色铅笔哄笑起来。

"你说拉尔夫和莎拉能做出来真正的火箭吗？我们有机会跟着火箭跑一程吗？"潘妮问麦克。

"好了，潘妮，"没等麦克回答，格鲁普板着脸说，"你忘了史黛拉小姐的讲话？要付出多少努力才能成为一名优秀的宇航员？你需要经过多年的勤奋学习和体能训练，我敢说要成为宇航员的书写文具，同样需要奋斗很多年。"

"为什么你总是这么煞风景？"潘妮不高兴地说，"每次我只要来点兴致聊些什么话题，你总会说那需要好多年的学习……"

"这个呀，我只是不想你抱有不切实际的幻想……"格鲁普**苦口婆心**地说。

"可是这就是太空活动营的意义所在，难道不是吗？"潘妮**不甘示弱**地说，"天空是没有界限的。"

"老实说，"一贯的和事佬麦克看**气氛不妙**，赶紧站出来转移话题，"这次的太空活动营恐怕没想象中那么好玩呀。波尔特也来了,你应该明白谁会跟着一道过来。"

"要是我们中间有谁想要到太空一游,他一定会想尽一切办法让我们有去无回。"小不点嘲讽了一句。

铅笔们还没来得及更深入地交谈,这时笔袋的边壁突然朝他们挤压过来。

"是时候了!"潘妮兴奋地叫着,瞬间把黑马克的阴影抛在了脑后,"拉尔夫把我们放进了书包,他要带我们去太空活动营了!"

"快呀,拉尔夫!"妈妈在车道上叫着,"我跟莎拉的奶奶说好的,我们应该五分钟前就到她家门口了。另外,我还得带上波尔特。"

"知道了……"拉尔夫**嘟囔着**,把睡衣塞进了书包,冲下楼梯。

"我的小宇航员终于下来了。"妈妈慈爱地揉了揉他的头发,拉尔夫一头钻进车里,妈妈不放心地问了一句,"内裤带够了吗?"

"带够了,妈妈。"拉尔夫**不耐烦地**应了一句,暗自庆幸妈妈聊起内裤的时候莎拉和波尔特还不在车上。

"手帕带够了吗？"

"够了，够了。"

"衬衣呢？"

"足够了。"其实拉尔夫讨厌穿衬衣，他一件也没有带。

幸运的是，他们很快就开到了莎拉家门口，妈妈没有机会再"**拷问**"他了。

莎拉和奶奶站在门前的台阶上，莎拉手中提着背包，奶奶也捧着一样东西，看起来很像蛋糕盒。

　　"拿着，我给你们烤了一块蛋糕，要是太空活动营的饭菜不合胃口，你们也不至于饿肚子。"奶奶慈爱地说，"不过你们得保证先把蔬菜吃掉才能吃蛋糕。"

　　"我们保证做到，奶奶。"莎拉开心地说。

　　"**那就好**。祝你们玩得开心！"莎拉的奶奶挥了挥手，拉尔夫的妈妈把车开远了。

　　车在波尔特家门口停了下来，拉尔夫的妈

妈按响了喇叭。等了一阵子以后,还是不见波尔特的人影。

"他上哪里去了？"拉尔夫的妈妈等**着急了**。

"我们能不能不捎上他呀?"拉尔夫央求道。

"拉尔夫,这么做可不好！"妈妈说。

"波尔特才不好呢！"拉尔夫嘀咕着。

"你去敲敲他家的门。"妈妈说。

"非得这样吗?干吗不再按一下喇叭?"拉尔夫问。

"因为我不想吵着周边的邻居。"妈妈说。

拉尔夫四平八稳地坐在车座上，两手交叉抱在胸前。

"拉尔夫,要是你不过去敲门,我就不送你去太空活动营了！"

拉尔夫不情愿地解开安全带,跳下车后,又**狠狠地**关上了车门。他拖着步子走到门廊下,按响了门铃。

波尔特飞快地打开了门，看样子他老早就守在门口了,只等有人来敲门。

"你来帮我拿书包，真是太好了！"波尔特不怀好意地把书包甩到了拉尔夫怀里，**一个箭步**冲下门廊，就要朝汽车跑去。

拉尔夫故意不伸手接书包，书包掉在地上发出沉闷的声响，波尔特转过身来。

"有什么问题吗？"波尔特问，"书包太沉了？"

"这个书包的主人是你，"拉尔夫说，"你得自己拿。"

不等波尔特搭腔，拉尔夫飞快地从他面前跑过，一个箭步跳到了车后座上，挨着莎拉和蛋糕坐下来。

波尔特把书包放进后备厢，打开了莎拉旁边的门。

"靠边让让，莎拉。"波尔特**毫不客气**地说。

"波尔特，你可以坐到前面的副驾驶位置来。"拉尔夫的妈妈有些生气地注视着这个小坏蛋的**一言一行**，她终于明白为什么孩子们都不喜欢他了。

"凭什么他就能坐在前面？"波尔特关上后门时，拉尔夫不满地抱怨着。

"因为这样，他就没机会在后面闹腾你俩了。"趁着波尔特还没打开前车门，拉尔夫的妈妈语速飞快地说。

虽然出发的时间有些晚，他们还是按时到达了太空活动营。拉尔夫的妈妈把车开到一扇大门前，门上挂着大大的"国家轨道卫星协会"字样的匾额。一名卫兵从门旁的岗亭上走下来，询问拉尔夫妈妈的名字。

"我是桑卓·诺兰，"拉尔夫的妈妈说，"我送儿子和他的两个朋友来参加**太空活动营**。"

"您的儿子是拉尔夫·诺兰吗？"卫兵一边问，一边在搜寻名字。

"是的。"拉尔夫大大方方地说。

"小姑娘，你叫什么名字？"卫兵问莎拉。

"莎拉·蒙汉娜。"莎拉看见卫兵在名单上她的名字后面打了个钩。

"我是波尔特·奥利力。"波尔特主动报上大名。

"奥利力，奥利力……"卫兵说着，在名单上搜寻起来，"波尔特是哪个名字的简称？"

"呃……"波尔特语塞了，**脸涨得通红**。

"名单上没有波尔特·奥利力，"卫兵继续说，"倒有一个埃塞波尔特·奥利力。"

"那就是我。"波尔特小声说，拉尔夫和莎拉用手捂着嘴巴偷偷地乐。

卫兵在波尔特的名字后面画了一个钩，又转头跟拉尔夫的妈妈说话。

"女士，这里是军事管理区域，您的名字不在名单上，我不能让您进入大门。孩子们在这里要自己步行前往，可以吗？"

孩子们陆续跳下车，从后备厢里拿出各自的背包。

"祝你玩得开心！"拉尔夫的妈妈当着士兵的面给了拉尔夫一个大大的拥抱，还亲了亲他的脸颊，又冲另外两个孩子挥了挥手，"莎拉、埃塞波尔特，也祝你们玩得开心！"

听到这个名字，波尔特拉长了脸，**自顾**

　　自地走在前面。拉尔夫和莎拉这一回干脆不再掩饰什么,放声大笑着跟了过去。

第十章

欢迎来到
太空活动营

拉尔夫和莎拉**咯咯笑着**,跟波尔特保持着一段距离,走到主路上来。不一会,他们来到一大片草坪上,草坪前方搭了一个舞台,舞台对面摆放了一排排的椅子。不少跟他们年纪相仿的孩子们坐在椅子上,兴奋地交谈着。

拉尔夫和莎拉选了离波尔特很远的位置,坐在一个戴眼镜的女孩旁边。

"嘿,我是艾思丽。"他们坐好以后,戴眼镜的女孩友好地冲他们打招呼。

"我叫莎拉,这位是拉尔夫。"莎拉礼貌地介绍了一番。

越来越多的孩子加入进来,他们坐好以后纷纷向艾思丽问好或者挥手。

"你很出名吗?"莎拉问。

"仅限于一些小圈子。"艾思丽**谦虚地**说着,脸一下子红了。

"你怎么会认识那么多人?"拉尔夫好奇地追问。

"我们经常在类似的活动里碰面,"艾思丽说着,又冲一对双胞胎兄弟挥了挥手,"像数学

活动营和化学活动营之类的……这是你们第一次作为启智学员参加活动吗？"

"是的。"莎拉点点头，有生以来她第一次意识到，自己在一个集体里称不上是最聪明的孩子。

"嗯，要记住，你跟在座的每一位拥有同等的权利，别让任何人吓住你。"艾思丽热心地建议。

"艾思丽！"一个扎着马尾辫、**浓妆艳抹**的女孩突然夸张地尖叫一声，越过拉尔夫和莎拉，抱了抱艾思丽。

"嘿，胡妮。"艾思丽礼貌地应着，没有刚才那么热情。

"你的新朋友都是谁呀？"胡妮轻蔑地看着拉尔夫和莎拉。

"他们是莎拉和拉尔夫，"艾思丽说，"他们第一次参加活动营。"

"真的吗？"胡妮**嘲讽道**，"你们是怎么来这里的？中奖了吗？"

"不是，"莎拉大大方方地说，"我们在火箭设计图项目中表现优秀，被选中的。"

"是吗？"胡妮说，"那你们一定是新锐天体物理学家了。我想听听你对福禄克在引力透镜中使用射线束的方法有什么看法？"

"我……嗯……我好像没什么看法……"莎拉**结结巴巴**地应着，其实她连胡妮的问题都没听明白。

"我就知道你会这么说。"胡妮冷冷一笑，"**噌**"的一声站起身来，坐到别的同学身边去了。

"别在意她的话。"艾思丽安慰道,"她刚刚参加完环境活动营,在氢燃料电池比赛中只得了第二名,她还在为这事闹情绪呢。"

"谁得了第一?"拉尔夫问。

"是我。"艾思丽不好意思地回答着。就在这时,一声洪亮的"**早上好**"把艾思丽从窘境中解救了出来。

史黛拉小姐身着干练的航天服,站在舞台中央,身边四个大人也穿着同样的航天服。

"欢迎同学们参加太空活动营。国家轨道卫星协会今天迎来这么多有希望成长为优秀宇航员和航空工程师的小苗子,我们感到很高兴。

"我们本周的特别项目是要建造可以上太空的火箭。我们要做的还不止这些。在国家轨道卫星协会期间,你们还要像真正的宇航员和工程师一样生活。你们会身着国家轨道卫星协会的制服,参加协会的宇航员训练,学习如何成为协会的一员。当然,我们也希望你们就像正式会员那样,把宿舍打扫得**一尘不染**,把自己也打理得**干净利索**,做每件事情都能全力以

赴。有问题吗？"史黛拉小姐问着,把目光投向了在座的孩子们。

拉尔夫很想举手问史黛拉小姐是不是选人的时候出了差错,才把他误选进来,不过他忍住了没吭声。

"我给大家介绍一下你们的导师——负责飞行训练的索尔·弗莱尔队长。"

弗莱尔队长向前跨了一大步,向孩子们敬了一个礼。

"给大家教授行星科学课的尤索拉·马佳尔教授。"

马佳尔教授向前跨了一步，也像弗莱尔队长那样行了一个礼。

"专门从事星光导航的星康上尉。"

星康上尉上前一步，也行了一个礼。

"专门从事**孪生子佯谬**（yáng miù）①**研究**的吉玛·奈伊博士。"

跟大家一样，奈伊博士也上前一步行了个礼。

"我将教授你们航空和航天工程学并指导火箭搭建工程。"史黛拉小姐继续说，"不过在正式上课以前，我要带你们到宿舍去。请你们放下行李包，换上正式的太空活动营制服。女孩们跟我走。男孩们跟弗莱尔队长走。"

拉尔夫目送莎拉、艾思丽和其他女生走远以后，才迎头赶上了男生的大队伍。波尔特故意排在队伍最后面，等着拉尔夫走过来。他显得很和气，却叫人不大放心。

---

①一个有关狭义相对论的思想实验。

"你以前有没有见过这么一大帮的书呆子？"拉尔夫硬着头皮走过来，波尔特凑到拉尔夫耳边说，"这伙人觉得暑假里去参加一个什么微积分活动营是一件很酷的事情。微积分是什么东西？我听都没听说过，不过我觉得这东西听起来怪讨人厌的。"

前面几个孩子听到了波尔特聊起"微积分"，立刻**饶有兴趣**地扭过头来。

"你为什么要跟我讲这个？"拉尔夫平静地问。

"我从来没想过我会说这种话，"波尔特一边说，一边**大大咧咧**地拍了拍拉尔夫的肩膀，"不过在这一帮书呆子里面，你跟我可算得上是最酷的一对了。跟这群怪物们比起来，就连莎拉也突然变得顺眼了。"

前面几个男孩听到波尔特把他们叫作"**怪物**"，不由愤愤地眯起了眼睛。

"你妈妈没教过你吗？要是你嘴里说不出好听的话，干脆就别开口！"拉尔夫小声地提醒波尔特。

"我要会听我妈说的话就怪了！"波尔特不以为意地说。

"实话告诉你，你的话我听够了！"说完，拉尔夫快速上前走了几步，插到前面几个男孩子中间，跟波尔特拉开了一段距离。

"**我们到了**。"弗莱尔队长把他们领进了男生宿舍门口，又说，"名字都贴在铺位上。你们有整整 5 分钟的时间换上制服。9 点 20 分，我们在门口集合。迟到的人负责打扫厕所。"

谁也不愿意被罚打扫厕所，于是他们争先恐后地冲进宿舍。拉尔夫看到他的名字被贴在第二张双层架子床的上铺。当他看到波尔特朝宿舍最里面走去时，不由松了一口气。

拉尔夫把背包放进了行李柜里，**迅速**换上了制服。制服是连身航天服，跟导师们穿的样式完全一样，上衣口袋上还绣着"拉尔夫"的字样。

"拉尔夫，你好，我是科林。"上衣口袋上绣着"科林"字样的男孩跟他打招呼，"我们是上下铺的兄弟。但愿你睡觉不打呼噜。我在物理活动营的下铺兄弟是个打鼾（hān）狂人。"

"我从来没听到过自己打呼噜，"拉尔夫调皮地说，"我要是真打呼噜，那时候也早睡得**不省人事**，自己也不知道了。"

科林扑哧笑了起来。

"你真幽默！"说着，科林把一只胳膊搭在拉尔夫的肩膀上，一起朝集合地点走去，"我们一定会成为好朋友的。"

男生们离开宿舍以后，潘妮从笔袋里挤出身

子,透过拉尔夫行李柜的铁格栅往外张望。

"看到什么了没?"小不点问。

"就是两排架子床,中间是行李柜。"潘妮说。

"也就是说我们还没到教室?"麦克问。

"恐怕没有。"潘妮说。

"你还看到什么了?"吸墨问。

"没什么。"潘妮嘟囔着。

"没什么?"麦克失望地嚷嚷,"要是孩子们都用不着写东西,这还算什么启智学习?"

"没准这里给他们发了新笔呢。"尤利说。

"我想不出他们怎么会用得着新笔!他们人手一只漂亮的笔袋,里面都装满了……"说到这里,潘妮的声音突然打住了,她恰巧跟**盘旋**在铅笔头顶上"嘀嘀"作响的尤利和吸墨对视了一下。

"啊呀!"潘妮尴尬地叫了一声。

"别那么快下结论。"格鲁普说,"如果孩子们首先要参加宇航员培训的话,他们可能一时半会还用不上铅笔写字。"

"嗯。"潘妮点点头，初到太空活动营的兴奋劲儿渐渐冷了下去。

"凡事要看**光明**的一面，"小不点说，"要是黑马克也被锁在行李柜里，他这会肯定没办法伤害拉尔夫。"

"是的。"潘妮敷衍地应了一句，小脚丫不住地在行李柜门的钢板上敲打。她心里琢磨着："就凭宇航员训练和薄薄的钢门，恐怕也不能让黑马克老实多久。"

"我看我们还是回到笔袋里休息休息，**养**

精蓄锐吧。"格鲁普建议道，"今天早晨我一直在专心听史黛拉小姐的欢迎致辞，听起来孩子们的功课难度都挺大的。拉尔夫要是坐下来用我们书写的话，大家都得拿出**最佳状态**才行呀。"

潘妮朝外望了最后一眼，确保黑马克还没有从波尔特的笔袋里逃出来，她这才慢吞吞地跟朋友们回到了笔袋里。

第十一章

新奇的参观

孩子们在一栋高耸入云的大楼外会合了。整栋大楼的外墙被漆成了白色。一条宽宽的火车轨道穿过一面墙，钻进了大楼里。

　　"这是国家轨道卫星协会的火箭库。"弗莱尔队长说，"我们在这里建造火箭，然后再把轨道卫星送上太空。大家看一眼，这栋大楼有30层高，跟我们最高的火箭一样高。"

　　"哇！"拉尔夫和莎拉**齐声惊呼**，其他孩子似乎都不觉得这有什么稀奇，好像他们来过一样。

　　"你们当然用不着建造这么高的火箭，"史黛拉调侃道，"记住，你们只有一周的时间做火箭，而要做成我们这么高的火箭大约需要100个人集体作业4个月才能完成。"

　　"也就是说你们每年只发射3颗卫星吗？"胡妮问，她那副口气完全不像是在问问题，而是在卖弄她的聪明。

　　"不是的，"弗莱尔队长说，"我们每次发射的火箭可以搭载好几颗卫星，有时候也只是把宇航员——比如史黛拉——送到太空去修理、升级卫星。"

胡妮一脸的得意立刻消失了。

"**火车轨道**是做什么用的？"拉尔夫问。

"观察得很好，"弗莱尔队长说，"这些轨道专门用来把火箭从火箭库运送到发射现场，发射现场在那边很远的地方。"弗莱尔队长一边说，一边指着消失在远方的火车轨道。

"现在，有谁想要进去看看真正的火箭建造现场？"

"我！我！我！"孩子们**争先恐后**地叫起来。

"这里是施工区域，走进大楼里面要一直戴着安全帽。"史黛拉小姐一边说，一边给依次进入火箭库大门的孩子们发了安全帽。

大楼里面噪音冲天。身着白色连体服的工作人员在即将完工的火箭上又敲又打又钻。拉尔夫和莎拉站在火箭基座上，顺着火箭的身子一直往上看，火箭高大的身子好像伸到了白云里，怎么望也望不到顶。

"本次发射时间为周五下午，"弗莱尔队长

在响作一团的噪音中**大声吆喝**着，"届时会停课，我带大家到现场观看火箭发射。现在请大家跟我到控制中心去。"

弗莱尔队长领着孩子们走出一扇门，史黛拉小姐正在门口等着收回他们的安全帽。控制中心大楼跟火箭库比起来要小多了。孩子们**鱼贯而入**，就连那些见多识广的孩子也无法掩饰满脸的激动。

电脑终端前坐着一排排工作人员，他们紧盯着一块占据了整堵墙的大屏幕。屏幕上是地图，上面标注了国家轨道卫星协会发射的所有卫星的位置。

"这些人都在干什么？"艾思丽好奇地问。

"他们在监测卫星，确保这些卫星能正常收发信号，不脱离轨道。"弗莱尔队长说。

"为什么他们不用一台电脑来控制所有的事情？"科林问。

"因为到目前为止依然是人比电脑聪明。"弗莱尔队长说，"还有别的问题吗？没问题的话，我们就要离开控制中心，赶往下一个参观点。"

弗莱尔队长带着孩子们走进另一栋大楼。大楼内散发着一股氯气和**甜甜的气味**。

"这里是健身中心，"弗莱尔队长说，"国家轨道卫星协会的宇航员每天在健身房里至少要锻炼两个小时。他们的健身项目包括举重、游泳、有氧健身操、骑自行车和跑步。如果他们接到飞赴太空的任务，在出发前的一段时间里，体能训练甚至会增加到每天 4 个小时。在太空活动营期间，你们也要在这里花上一些时间，完成你们的飞行体能训练计划。"

他们走过这些训练器械，沿着一条狭窄的走廊继续往前。走廊尽头有许多扇门，每扇门上都有一盏红灯。

"这些就是飞行模拟器，专门为飞行员培训使用。"弗莱尔队长说，"不过现在这些飞行模拟器正在使用中，很遗憾这会不能让你们进去参观，不过在你们回家以前，我保证让你们每个人都进去体验一下。"

大家兴奋地**畅所欲言**，憧憬着进入飞

行模拟器里体验的情境。弗莱尔队长带着孩子们走出健身中心，穿过一大片**绿油油**的草坪。

"左边这栋楼就是你们上理论课的地方,这里是食堂。"说着,他走上台阶,带着孩子们走进了一栋低矮的建筑物里。弗莱尔队长推开门,让孩子们排队进入。

宽敞的饭厅里摆放着一排排桌椅，干净整齐。主菜和甜点好吃极了,拉尔夫和莎拉都吃得小肚子圆溜溜的。他们暗暗担心,莎拉奶奶好心准备的蛋糕恐怕没机会吃,要放坏了。不过他们根本没太多时间考虑蛋糕的事,午餐时间很快结束,下午的课就要开始了。

"你们有 10 分钟的时间回宿舍取笔袋和火箭设计图,10 分钟之后到教室集合，准备上航天与航空工程课。"史黛拉小姐说,"迟到的人将受到惩罚。"

孩子们谁也不想被罚打扫厕所或者遭受更严重的惩罚,他们飞奔回宿舍又迅速回到教室,全程只用了 5 分钟的时间。

"你们这个集体果然精干！"史黛拉小姐夸奖道，"好了，大家都应该知道，在一周内搭建好火箭是**相当艰巨**的任务，所以我们要分组来做。"

"太棒了！我们既是上下铺的兄弟，又可以成为搭火箭的搭档。"科林兴奋地对拉尔夫说。

拉尔夫和莎拉互相看了看，拉尔夫默默地摇了摇头。虽然拉尔夫和莎拉做不了上下铺的"兄弟"，可是他们两个以往无论做什么都是**搭档**。

"为了增进你们之间的了解，"史黛拉小姐说，"这一次我们不准你们自由选搭档，而是给你们分配好搭档。这也是给每个团队提供更公平的竞争机会。"

"**我赞成**！"科林大叫起来，"他们总是把最聪明的和最笨的孩子配对。我想跟艾思丽结对子。她是我们当中最聪明的。"

"嘘！"艾思丽生气地叫他安静下来，"来这里的人都不笨。参加太空活动营的同学都一样聪明。"

科林看了看拉尔夫，翻了个白眼。

"第一对是艾思丽和拉尔夫。"史黛拉小姐说。

拉尔夫的脸一下子**暗淡下来**。要是科林说得没错的话，艾思丽是太空活动营里最聪明的人，那也就等于说，史黛拉小姐认为拉尔夫是班里的最后一名。

"下一对是胡妮和埃塞波尔特。"史黛拉小姐继续说。

"她甚至觉得波尔特都比我聪明。"拉尔夫闷闷不乐地想着，心里更难受了。

史黛拉小姐继续报出名单上的名字，很快便念到了最后一对。

"最后一对，莎拉和科林。我有没有把谁漏掉？没人吗？好了，你们走到各自的搭档面前做一下自我介绍，然后讨论怎么搭火箭。"

拉尔夫和莎拉换了一下座位。

"记住，你们只有一个星期的时间来搭建火箭。不要**好高骛**（wù）**远**，做太复杂的设计。"史黛拉小姐嘱咐道，"火箭搭建必须在周五下午大火箭发射前完成，等到大火箭发射完毕，我们也会发射自己搭建的火箭。火箭飞得最高，而且在落地时不出意外的一组就是冠军了。"

莎拉和科林立刻展开了热烈的讨论，探讨着他们应该搭建哪种火箭。可惜他们谁也看不上对方的想法，而且他们在选用谁的设计图上

也没有达成一致的意见，看来要进入搭建火箭程序不知道要等到什么时候了！

教室里，大部分结对的孩子都在争论着。不过莎拉和科林的课桌旁，艾思丽却对拉尔夫的设计**赞不绝口**。

"你的航空构造设计太棒了！"艾思丽惊叹道，"你有没有想过要用什么材料来做这枚火箭？"

"我没想那么远。"拉尔夫老老实实地回答，他心里暗暗吃惊，想不到像艾思丽这样聪明的女孩竟然会赏识他的设计。

"我觉得要用很轻的材质才好。"艾思丽说。

"**棉花糖**！"拉尔夫大叫一声，这是他能想到的最轻的东西。

"棉花糖轻倒是轻，可是风一吹就会被刮散，立刻消失得无影无踪。"

"**冰棒棍**？"拉尔夫又想了想，迟疑地说，"聚苯乙烯？"

"得是一种不能燃烧的材料才行，"艾思丽耐心地开导着，"不然火箭在回到大气层的时候会被烧掉的。"

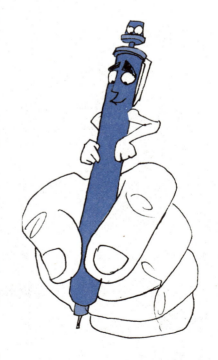

拉尔夫环顾了一下四周寻找着灵感，就在这时，他看到门旁的一个行李柜上挂着一块灭火毯。

"我们用这种防

火的毯子面料做外罩怎么样？就是上面有一层**铝箔**的毯子，你说行不行？"拉尔夫不大自信。

"只用那层铝箔怎么样？"艾思丽给了个建议。

"好呀！"拉尔夫兴奋地叫起来。

"我们来画一张草图吧。"艾思丽说。

拉尔夫打开笔袋，拿出麦克。他连按两下麦克的笔帽，确保麦克吐出了足够长的铅芯。在艾思丽的指导下，拉尔夫画了一幅火箭图。

文具们凑在笔袋拉链口偷看麦克在纸上**忙碌**。"为什么拉尔夫不跟莎拉搭档，反而跟新来的女孩合作了呢？"小不点好奇地问潘妮。

"我不知道，"潘妮思考了一下，又说，"没准他俩吵架了？"

"他们还是挨着坐的呀，只不过不搭档做项目。"格鲁普观察得很仔细。

"可怜的波莉！"潘妮眼看着莎拉把自己画的火箭图涂了个**乱七八糟**，又把那张纸揉成一团丢在一边，忍不住为莎拉手中那支累得筋疲力尽的铅笔叫屈。

隔了几张桌子，波尔特手握铅笔猎豹，乖乖地照着胡妮的意思在绘图。虽然波尔特乐呵呵的，但是猎豹很不高兴，他不喜欢被别人**指手画脚**。猎豹在波尔特的上衣口袋处滑过时，潘妮突然倒吸一口冷气。

"潘妮，怎么了？"格鲁普关心地问。

"黑马克出现了！"潘妮说。

原来，波尔特上

衣口袋上绣着的大名最前面的"**埃塞**"两个字被浓重的记号笔墨汁涂得一团模糊。

"这么说他一定在这里了！"小不点惊慌地说。

"果然不出所料。"格鲁普的声音突然变得很严肃。

"是啊。"潘妮**神色凝重**，"现在我们得做好最坏的准备了。"

第十二章

大救星
格鲁普

潘妮内心生出的恐惧从晚上一直延续到第二天。拉尔夫不上课的时候，笔袋被留在行李柜里，这时候潘妮会守在铁栏杆旁，打探黑马克有没有溜出来。拉尔夫上课的时候，潘妮的眼睛紧紧地盯在波尔特的笔袋上，她不肯错过这个强大的死对头的任何动静。她一心一意只顾着盯紧黑马克的动向，反而错过了很多有趣的学习，比如在金星上落地之后会出现什么情况，为什么有些行星围着太阳倒转等。

不过一整天盯下来，潘妮的恐惧被证明是多余的。黑马克没有露过一次面，就连猎豹也**很守规矩**。不管怎么样，到了晚饭时间，潘妮累得浑身瘫软，一丝力气也没有了。

"恐怕今天晚上我没有一点力气去监视了。"潘妮有气无力地说，她像**一摊烂泥**一样躺在笔袋的角落里。

"你最好赶紧养足精神。"格鲁普警告道，"晚饭后拉尔夫还有一节课。"

"那堂课只是要透过望远镜观察夜空，"潘妮打着哈欠说，"上回索德太太晚上上课时，拉尔夫就没用到我，我猜他今天晚上上课也一样用不到我。"

"你没注意听讲吗？"麦克抢白道，"观察结束后，每人要写一份像样的科学报告。"

"可别忘了，上一次望远镜观测课上，黑马克正巧出手了。"小不点提醒道。

"你们可真会给铅笔打气呀，"潘妮苦笑着**调侃**，"我还是赶紧休息一会吧。"

潘妮疲惫地闭上了双眼，不知道什么时候，

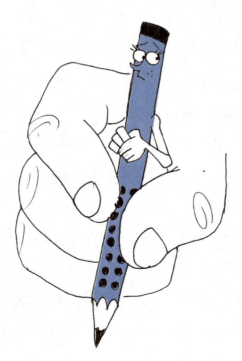

笔袋突然被打开了，一道红光照亮了笔袋，红光是从一个手电筒里发出来的。

"找到你了！"拉尔夫一边说，一边蜷起手指握住潘妮，把她拎出了笔袋。

潘妮立刻被

眼前的景象迷住了，她被带到了黑漆漆的野外，孩子们正用手电筒照明调整望远镜的设置。

"我们用红光手电筒是有原因的，"星康上尉解释道，"为了不损害我们在夜晚的视力。我们的眼睛在红光下看得最为清楚。好了，要是你们越过火箭库继续往上看，你们会看到一颗明亮的星星。那是北极星。把你们的望远镜对准它。"

拉尔夫把潘妮放在冰凉的地面上，摆弄起了望远镜。潘妮冻得浑身**直哆嗦**。

"我们要在天空中畅游一番了，首先找到银河系。"星康上尉说。

"这是最棒的观星夜！"莎拉兴奋地叫着，凑到望远镜前观察北极星。

"往下一点偏西的方向，你们能看到'W'形状的星座，那是仙后座。"星康上尉说，"要是你们在北极星和仙后座最下面的星星之间连一条线，沿着那条线继续往后画同样长的一段距离，你会看到一团**模模糊糊**的白斑。从望远镜里看一看那一团白斑。"

在一番忙乱和喃喃自语之后，拉尔夫终于透过镜头看清楚了那团白斑。

"噢，我的天！"拉尔夫惊叹着。

"它可真漂亮呀！"艾思丽应着。她透过望远镜盯了足足5分钟之后，其他孩子才陆续将望远镜对准了那团白斑。

"那是一个星系！"莎拉大叫一声。

"是的。那是仙女座星系。"星康上尉说，"这是你们用裸眼在太空中能看到的最远的星系。"

"它离我们有多远？"科林问。

"约 250 万 **光 年**。"星康上尉说。

"也就是说，以光速行驶的话，得花约 250
万年才能到达那里吗？"拉尔夫上周在索德太太
的行星数学课上很用心，这会他反应很快。

"啧啧……"胡妮发出鄙视拉尔夫的声音，惹
得波尔特暗暗发笑。他们两个自打成为搭档以
来立刻成了好朋友。倒也不奇怪，有句俗话叫
"臭味相投"嘛，他们两个在待人刻薄方面倒真

是**如出一辙**（zhé）。

"记得走之前要上交你们的报告，"星康上尉嘱咐道，"还要画一张你们观测到的星象图。"

麦克在绘图方面比潘妮在行。拉尔夫写完报告后开始用麦克画星象图。不过这一回，拉尔夫没有把潘妮放在冰凉的地面上，而是随手支在了望远镜前，这倒给了潘妮一个绝好的机会——她能透过望远镜观测星空了。

"简直太美了！"潘妮低声惊叹，"真希望我有机会到太空里走一遭，离近点**瞧瞧去**。"

潘妮不经意地朝旁边一瞥的时候，好像看到一个黑影在草丛里一闪而过。她仔细看过去，发现那个黑影正朝拉尔夫的星象图方向移动。她努力瞪大了眼睛想看清楚,可是外面黑漆漆一片,怎么也看不真切。

"好了，孩子们，下课时间到了,"星康上尉说，"你们明天一早要跟弗莱尔队长上课,现在收拾东西回去吧。"

拉尔夫把麦克和潘妮放回笔袋里，又转过身，背对着作业本，专心地把望远镜放回盒子里。潘妮从笔袋里往外看,曾经在眼前一闪而过的黑影，似乎从拉尔夫作业本的方向朝波尔特的笔袋方向**鬼鬼祟祟**地移动。潘妮把脑袋探出去,想看得更清楚一点。还没等她看仔细,拉尔夫的手指就把她轻轻推回到笔袋里，拉上了拉链。

拉尔夫把笔袋和作业本带回了宿舍,潘妮把看到的怪事跟格鲁普、麦克、小不点和太空水笔们汇报了一番。

"听起来很像是黑马克的作风，"格鲁普**若有所思**地说，"不过我们怎么才能确定就是他呢？"

"首先，"潘妮说，"要检查一下拉尔夫的报告。黑马克曾经图谋把拉尔夫的火箭设计图毁掉，他要是想故技重施的话，倒是在预料之中。"

"我们怎么检查呢？"小不点问。

"简单，"潘妮说，"只要孩子们一睡着，我们就从笔袋里溜出去看一眼。"

"你忘了吗？"麦克说，"孩子们一睡着，宿舍里就熄灯了，我们怎么看得见？"

10 分钟以后，熄灯了，孩子们很快进入了梦乡。拉尔夫的书写文具们立刻开始行动了。吸墨和尤利溜出笔袋去找手电筒。手电筒被放在柜子里，在笔袋和拉尔夫作业本上方一格。他们两个**小心翼翼**地夹着手电筒回到下面一层柜子上。太空笔果然出手不凡，没有把手电筒掉在地上。

在手电筒的照射下，潘妮和麦克开始一页页地翻看作业本。

"**嘘**！"潘妮看到她写的那页报告上布满了漂亮的字迹，依然完好无损时，不禁长长地松了一口气，"没准是我看走眼了。"

"你没看走眼。"麦克在她身后飞快地应了一句，"黑马克把拉尔夫的星象图彻底给毁了！"

拉尔夫和麦克合作绘制的整张星象图上布满了黑色记号笔的黑墨，打眼一看，这张纸就好像是一张没有被涂写过的黑纸。

"我们该怎么办？"潘妮一下子乱了阵脚，她惊慌失措地喊起来。

"别着急。"格鲁普淡定地说，"麦克，今天晚上画的星象图你还记得多少？"

"每一颗星星的位置我都记得一清二楚。"

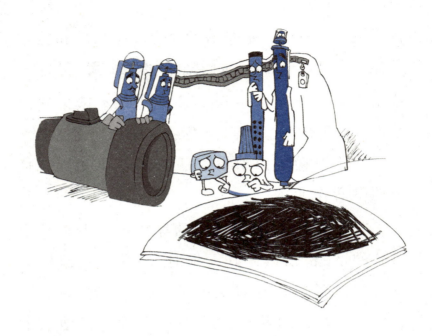

麦克自信地说。

"太好了!"格鲁普说,"给我**细细道来**。"

第二天早上,到孩子们起床去上飞行训练课的时间了,星康上尉出现在了宿舍门外。

"昨天晚上,我竟然忘了把你们的观察报告收上来,"他有点不好意思,"要是你们现在能交给我的话,下次上课之前我就能批改好。"

拉尔夫他们取出各自的作业本,一一交给了星康上尉。

"祝你们的飞行训练课进展顺利！"星康上尉说完,孩子们**成群结队**地朝着健身中心大楼外的集合地点走去。

"早上好！"弗莱尔队长精神抖擞地向孩子们问好,"大家都知道,宇航员必须保持良好的身体状态,所以今天早上,我们要进行一些小小的体能测试。我们先绕着操场跑一圈,跑步期间,在各个训练站点都要停一下。跟我来！"

弗莱尔队长起步飞快。睡眼惺忪的孩子们**气喘吁吁**,很难跟上他的步子。

跑了几分钟,弗莱尔队长突然停了下来。有些孩子拼命追上来,弯下腰,大口大口地喘着气。

"表现不好的不能休息,"弗莱尔队长严厉地说,"开始跳！"

弗莱尔队长开始朝前方目标跳了过去,他的双腿和双臂一放一收,很用力。

"我们先轻松点,跳一百个吧。"

"一百个？"拉尔夫喘着气嘀咕,"佩恩太太跟这个狠家伙比起来,简直算是脾气最好的仙女教母了！"

一个小时以后，孩子们一个个累得**筋疲力尽**，他们拖着沉重的步子去上星际导航理论课。

星康上尉满面笑容,在教室前面迎接他们。

"昨天晚上的作业做得都非常好。"他满意地说,"得最高分的是……"

孩子们全都屏住了呼吸，有几个甚至默默地开始祈祷。

"**拉尔夫**。"

拉尔夫使劲掐了自己一下，好确认这不是美梦一场。

"你真棒，拉尔夫。"莎拉由衷地说。

"干得漂亮，上铺的兄弟。"科林开心地大叫。

星康上尉在教室里走了一圈，把作业本一一发给孩子们。走到波尔特身边时，星康上尉压低了声音说："你得抓紧赶上来。好好看看拉尔夫的报告，这才是我们太空活动营**最优秀的范本**。"

"拉尔夫，我能看看你的报告吗？"波尔特努力装出礼貌的样子。

"好呀。"拉尔夫把作业本翻到了报告那一页，急着想看看老师给了什么样的评语。

围在拉尔夫身边的孩子们都惊呆了。拉尔夫的星象图跟他们的完全不一样，他们的星象图都是白纸上点着灰芯铅笔的点子，而拉尔夫的那一页看起来就像是真正的夜空，黑漆漆的背景上点缀着白色的星星。不过拉尔夫看到这幅图时的惊讶并不亚于围观的人。

"真是**别出心裁**，竟然用修正液来画星星！"艾思丽赞赏地说，"你怎么会想到这个点子的？"

"我也不知道。"拉尔夫目瞪口呆地说。

"哇，毫无疑问，我的搭档是太空活动营里最有想法的成员！"艾思丽说。

拉尔夫**尴尬地**别（bié）过脸去，他突然注意到莎拉正眯缝着眼睛，凶巴巴地瞪着他。

"我没骗人，我是真的不知道！"拉尔夫无辜地说，"而且在我心里，你还是我最好的搭档。"

第十三章

水星凌日

整堂星际导航课上，莎拉的情绪一直都很低落。后来史黛拉小姐说，因为当天下午即将发生一件"重大天文事件"，所以航天与航空工程课与行星科学课需要调换一下时间。听到这个消息，莎拉的脸色变得更难看了。整堂航天与航空工程课上，拉尔夫都小心翼翼，不敢主动跟艾思丽说话——不过自打他们成为火箭搭建工程的搭档以来，想要不跟艾思丽说一句话简直**太难了**。每次他和艾思丽说话，都会招来莎拉带着嫉妒的目光。

　　科林终于忍不住冲莎拉发飙了，他大声嚷嚷着："要是你看我们火箭的时间能赶上盯着人家火箭的时间，我们的项目就不可能没有好的

进展！”

到了午餐时间，这四个孩子又不计前嫌，和好如初了。他们谈天说地，对下午的"重大天文事件"非常期待。

"是**日食**吧！"科林猜测着。

"应该不是，"艾思丽说着，特意向窗外看了一眼，"日食只有在白天月亮从太阳前面经过时才会发生，这会我没看到月亮。"

"下午要上的是行星科学，"莎拉说，"所以那件'重大天文事件'一定跟行星有关。"

"没准宇宙飞船成功登陆火星了。"拉尔夫说。

"不可能，"科林说，"我订阅了《太空》月刊，这本杂志刊登的文章都是介绍最新研制的宇宙飞船，还有它们什么时候登陆或飞过行星的。本月宇宙飞船根本没有登陆任何行星的计划。"

"那会是什么呢？"莎拉又陷入了沉思。

整个午餐时间，他们都在边吃边聊。后来马佳尔教授走进食堂，告诉孩子们下午的课不在教室里上，要换到观测现场上，大家兴奋得就像

要过节一样。

"有人猜出来今天下午的'重大天文事件'是什么了吗？"马佳尔教授问大家。

胡妮高高地举起了手。

"波尔特和我在午饭时间一直聊这个事情，我们认为一定有一颗太阳系内行星要**凌日**。"

拉尔夫、莎拉、艾思丽和科林被胡妮的话惊得面面相觑。

"说得很对，"马佳尔教授高兴地说，"你们上了第一节介绍行星的课，应该还记得，比地球更靠近太阳的行星都被叫作内行星。凌日就是一颗行星从太阳前面经过的现象。谁能猜出来哪颗行星今天下午要凌日？"

"金星！"科林大喊。

"很抱歉，科林，应该是另一颗。"马佳尔教授说。

"水……水……星？"波尔特唱歌一样哼哼。

"乱猜不能算中奖。"艾思丽嘟囔着。

"今天下午我们要透过望远镜来观看凌日。届时我不会再重复了，你们一定要记在心里，千万不要直接透过望远镜观测太阳。"马佳尔教授

严肃地说，"在学校太空周的时候，谁还没有透过望远镜观测过太阳黑子？"

没有一个孩子吱声。

"**很好**。"马佳尔教授赞许地说，"那么你们应该很清楚该怎么调整望远镜，也应该知道要用作业本挡在目镜前面来观测太阳。切记焦点要对准，我可不想看见你们有谁把作业本烧出一个大洞来！我们基地里有很多易燃的化学品，任何一点可能发生火灾的危险，无论多么微小，后果都是相当严重的。记住，这次要写的是实验报告，你们要把观测过程的每一步都记录在案。"

拉尔夫打开笔袋，拿出潘妮。潘妮**重见天日**后，立刻警觉地四处察看着，想寻找黑马克的身影。她又在孩子们的面孔上挨个看过来，想盯住波尔特。潘妮很快发现，她不光要警惕黑马克，同时还要留心波尔特脸上浮现出的那种"我根本没安好心"的阴险表情。

潘妮斜着眼仔细地审视着波尔特，发现他把作业本紧贴在目镜上，把光聚焦成小小的一个点。没一会工夫，作业纸就开始冒烟，很快燃起了火苗。

"埃塞波尔特·奥利力！"马佳尔教授响雷般怒吼一声，"立刻收起望远镜！禁止你参与本次**观测任务**。到弗莱尔队长那里去认领打扫厕所的工具……到女生厕所里劳动！"

波尔特收起东西，拖着步子朝弗莱尔队长的办公室走去，这一切都被潘妮看在眼里。波尔特没有粗心地丢下那个又黑又高大的家伙，这让潘妮很放心。

"开始了！"站在拉尔夫旁边的科林突然大叫起来，"水星开始动了，就要穿过太阳了！"

"什么？"马佳尔教授疑惑地看了看腕上的

手表，"照理说得 23 分钟之后才开始呢。"

"我能看到太阳黑子，但是我也没看到任何凌日的迹象呀。"莎拉一边说，一边调整着望远镜的焦距。

"**我也是**。"艾思丽说。

"我看到了，水星没有从太阳前面经过，却冲着太阳飞过去了！"科林一边说着，一边飞快地在作业本上记下了整个过程，那模样就像一位胸有成竹的天文学家，"现在它开始打转了。"

就在这时，马佳尔教授已经站在科林的望远镜前，她看了两眼，便一下子明白是怎么回事了。马佳尔教授忍不住哈哈**大笑起来**。

"我不是故意要取笑你，不过好好瞧瞧你的望远镜吧。"她强忍住笑对科林说。

科林傻乎乎地凑到目镜前要往天空上看，马佳尔教授快得就像一道闪电，一把搂住科林的脑袋，把他从镜片前**拽到了一边**。

"我说的是看望远镜上面，不是说透过目镜看。"她指了指望远镜的另一端。

一只小小的甲壳虫停在镜片上，摇头摆尾

转个不停,好奇地四处打探着。原来,科林错把甲壳虫当水星了。

"哎哟!"科林不好意思地挠了挠后脑勺。

"没关系。"马佳尔教授低头看了一下表,大声说,"大家做好准备,还有 21 分钟**水星凌日**就要开始了。"

等到凌日真正开始的时候,其他导师和协会里很多工作人员也来到草地上观看这一天文现象。

"他们怎么也对这个这么感兴趣？"拉尔夫好奇地问。

"水星凌日是很罕见的，"艾思丽说，"差不多每10年才出现一次。"

"因为这个，他们才把水星凌日看成'重大天文事件'吧。"莎拉说。

"所以弗莱尔队长也让波尔特暂时中止了打扫厕所的惩罚，放他过来看呢。"

科林朝胡妮的方向指了指，果然，波尔特和弗莱尔队长站在胡妮的望远镜旁。

在水星凌日的过程中，潘妮一会儿在望远镜前寻踪水星的路径，一会儿又转战到作业本上写下水星经过某个点的时间，忙得**不可开交**。

凌日现象结束后，真正艰巨的工作才刚开始。孩子们收拾好望远镜，马佳尔教授把他们带回到教室里。孩子们坐定以后做起了复杂的计算题：太阳有多大，太阳距离地球有多远……就连波尔特也老老实实地按着胡妮测算的数值在做题。

快下课的时候，马佳尔教授把孩子们的作业本全部收上来，带走批改了，黑马克这下子没了搞破坏的机会。

"除非马佳尔教授要跑到女生厕所里批改这些作业，我觉得这一回我们大可以放心了。"格鲁普风趣地说。

虽然格鲁普一再宽心安慰，潘妮还是心神难安。像黑马克这种一肚子坏水的家伙，只要邪恶计划尚未实施，他就不会**善罢甘休**。潘妮心头的黑影挥之不去，她有一种预感，在黑马克乌云般的外壳下还酝酿着更为邪恶的阴谋。

第十四章

大破坏

星期五上午课间休息时，孩子们的脑袋瓜开始腾云驾雾，他们一个比一个犯迷糊。吉玛·奈伊博士的相对论课程对这些初学者来说太过深奥了。

"我一个字也没听懂。"拉尔夫**哭丧着脸**说。

"她是在说我们的母语吗？"科林也抱怨着。

"恐怕爱因斯坦他老人家也会觉得是在听天书——能想象吗？相对论可是他老人家发明的呀！"艾思丽幽默地说。

"我最开心的就是，课总算上完了。"莎拉说，"我们只剩下一节火箭搭建课了，这是我们最后的机会了！科林，我的想法是……"

莎拉和科林整个午餐时间都在探讨如何改进他们的火箭。这是头一回，拉尔夫庆幸自己不是跟莎拉搭档。艾思丽倒很放松，整个午餐时间她都在**兴致勃勃**地畅谈电视节目，比如《酷警官》什么的……那是艾思丽最喜欢的节目。艾思丽还眉飞色舞地讲了她是怎么把《环保斗士》的游戏打通关的。

下午的航天与航空工程课进行到了白热化的阶段。大家都在忙着做火箭搭建的收尾工作，史黛拉小姐一会儿跑过来，一会儿跑过去，**焦头烂额**地忙着解答不同小组的问题。就连艾思丽也因为精神紧张，冲拉尔夫吆喝了几次，不过每次发完火，艾思丽都会赶紧向拉尔夫道歉。

快到下课时间了，史黛拉小姐的目光在手表上扫来扫去，最后她**如释重负**地拍响了手掌，大声宣布："好了，孩子们，到时间了。停下你们手头的工作，去观看火箭发射吧。"

孩子们放下手中的铅笔和工具，走出了教室。等到教室里一个人也不剩的时候，潘妮和伙伴们跳出笔袋，跑到窗台上，他们也想观看火箭发射的盛况呢！虽然发射台离得很远，但因为火箭实在是太大了，所以铅笔们也能看得**一清二楚**。

"我太激动了！"潘妮兴高采烈地说，"我们前两周一直在学习太空知识，现在终于能亲眼看到真正的火箭发射了！"

"拉尔夫和莎拉辛苦做出来的火箭怎么

样？"波莉一边问，一边跳出莎拉的笔袋，加入窗台上的看客群中。

"他们的火箭呀，不会真的冲进太空。"潘妮说，"我是说，孩子们虽然个个**聪明伶俐**，但他们跟真正的科学家还差得远着呢！"

"嘘！"小不点请大家安静，"他们开始倒计时了！"

阳光柔柔地洒进窗内，飞行总指挥的声音在扩音器中轰鸣。

"10……9……"

火箭底座的引擎开始向外喷烟雾。

"8……7……"

一团团火焰从底部跳出来。

"6……5……"

大地开始颤动。

"4……3……"

火箭的引擎好像有了生命一般开始轰鸣，震耳欲聋的声音冲进了教室里，铅笔们连忙用双手捂住了耳朵。

"2……1……"

火箭开始剧烈地晃动。

"**发射**！"

火箭开始上行，一开始是徐徐上升，慢慢地速度越来越快，飞得越来越高，烟雾和火焰不断地从引擎底部喷出来。

"哇！"潘妮惊呼一声，"我们在这里竟然也能闻到烟味，还能感受到**火焰的温度**！"

波莉在空气中使劲嗅了几下，她猛地一转身便乱喊乱叫起来。

"拉尔夫的火箭着火了！"她嚷嚷着。

铅笔们听到喊声，连忙转过身来。黑马克正站在拉尔夫的课桌边上，手里拿着一个望远镜的镜片，在收集阳光。他利用镜片可以聚焦光的原理，把阳光聚焦成了一个小圆点，投射到拉尔夫的火箭上，火箭立刻就像波尔特的作业本一样着起火来。

"不好！"潘妮惊叫一声。黑马克抬起头来看着她，**狂笑不止**。

"抓住他！"麦克气愤地跳下窗台。

黑马克把镜片转了个方向，阳光直直地照

射进铅笔们的眼睛里。

"我什么也看不见了！"波莉大叫起来。

"他跑哪里去了？"麦克咆哮着，刺目的光线让麦克一时眼花，他没跳到桌面上，而是重重地摔在了地板上。

"别管他了，"潘妮大叫，"抢救拉尔夫的火箭要紧！"

铅笔们疯狂地朝着起火地点狂奔。在熊熊

燃烧的火焰上面,他们突然听到"嘀嘀"的响声,那声音好像来自教室屋顶。原来吸墨和尤利拽着灭火毯朝拉尔夫的火箭飞去。他们飞到火箭上空时,从空中抛下毯子盖住了火箭,火焰立刻消失得**无影无踪**。

潘妮飞奔到火箭旁,想检查火箭有多大的损伤。

"**等一下**!"格鲁普大叫一声,"火箭这会儿太热了,不能随便碰。等一等,让它先冷却下来!"

铅笔们聚在火箭的残骸周围。等到火箭彻底冷却下来,可以靠近了,吸墨和尤利才**齐心协力**掀起灭火毯。展现在大家面前的是一团埋在灰烬里的残骸,恐怕谁也想不到这堆残片曾经是一枚制作精良的火箭。

　　"你怎么能这么干？"潘妮冲着黑马克歇斯
底里地大叫。黑马克这会儿早溜到了波尔特的
课桌上，跟潘妮他们拉开一段安全的距离。

　　"冲我干瞪眼没用，"黑马克慢条斯理地说，
"这都是你的错。"

　　"我的错？为什么？"潘妮气愤地追问。

　　"要是你没有搅乱我最初的计划，拉尔夫根

本就不会有资格来太空活动营，他也没机会搭建那枚火箭。"黑马克**扬扬得意**地说，"我劝你还是把这个故事好好给拉尔夫搭档的铅笔们讲讲清楚。"

艾思丽的铅笔们这会儿从笔袋里探出头来，一个个都很伤心。

"都是她的错！"黑马克指着潘妮，冲着艾思丽的铅笔们**大吼大叫**。

"你怎么可以无赖到把泄私愤干的坏事都推在我的头上？"潘妮气愤地嚷嚷。

"我爱怎样就怎样！"黑马克大喝一声，挺直了身子，亮出全身强劲的肌肉。虽然大伙离他有好几张桌子远，可是黑马克那副强壮残暴的样子还是吓住了他们。

"如今你是举步维艰，无路可走了吧，铅笔潘妮小姐？

这一回哪怕你再能写能画也解决不了问题！哪怕修正液再**精明能干**，用那几滴臭水也修正不了这堆烂摊子！"黑马克歹毒地凝视着格鲁普，"祝你们好运！"他邪恶地哈哈笑着消失在了波尔特的笔袋里。很快波尔特的笔袋里响起了超大分贝的派对音乐声。

"我看，我们也只能认了。"波莉无奈地说，"这一回他彻底把我们打败了。"

潘妮伤心极了，她茫然地朝四下里张望着。其他人的火箭都神气地站在课桌上，在和煦的阳光中闪耀着光芒。孩子们走得匆忙，还没来得及清理好桌面，每枚火箭周围还堆放着各种工

具和制作火箭用的多余的材料。

"不，他还没赢！"潘妮突然大叫一声，"我们还有设计图，要是我们齐心协力，利用孩子们做火箭剩余的材料，就能重新做出一枚火箭来！"

大伙半信半疑地看着她。

"我们来助你**一臂之力**！"一个声音从废料堆里传出来。

一沓纸从废料堆里站起来，抖了抖身子，原来被埋在纸堆底下的是热情友善的扳手一家。

"我们也愿意帮忙。"一只螺丝刀说着，指了指自己和身边的锯子、锤子。

"唯一的麻烦就是，可能会有点吵。"电钻打趣地说着，也站了出来。

"没关系的。"潘妮说，"我们弄出多大噪音都没关系。反正从波尔特笔袋里传出来的震天的音乐声会盖过一切声音。黑马克根本听不见的。"

"**你说得对**。"艾思丽的铅笔首领说，"算上我们。"

"也算上我们。"格鲁普说。

"我去动员莎拉的铅笔们来帮忙,"波莉说,"我们得让黑马克瞧瞧,他的对手强大又团结,不是好对付的。"

第十五章

火箭发射

教室摇身一变,成了沸腾的火箭库,里面充满了锯子、斧头、电钻发出的吵闹声,潘妮和伙伴们齐心协力开始重新修建拉尔夫和艾思丽的火箭。

"最后一个收尾部分……"潘妮开心地举起一块火箭专用玻璃,"窗子!"

潘妮拿着那块玻璃在窗框上比了比, 她的脸色突地一沉。

"糟了!这块玻璃太小了!还能找到大块一点的吗？"

"除非我们把波尔特火箭上的窗户给扯下来,这我倒很乐意。"麦克顿了顿说,"不行,我们不能这么做！"

"这可坏了!"潘妮焦急地说,"玻璃要是不能**严丝合缝**地装上去, 回到大气层的时候火箭会被烧坏的。"

"我们可以在外面多蒙一层胶带……"格鲁普建议。

"这样也行不通," 做火箭最拿手的扳手严肃地说,"火箭表面要很光滑才行。"

"其实，胶带能行的，"潘妮**自信地说**，"只要我们从里面粘上就好。"

"可是这样的话，就得有人待在火箭里不出来……"波莉迟疑地说。

"不管是谁，进去了就出不来。"格鲁普说。

"我知道。"潘妮平静地回答。

拉尔夫、莎拉和艾思丽的铅笔们都将目光聚焦在了潘妮身上。

"你是说……"麦克有一种不好的预感。

"是的。我是志愿兵。"潘妮故作轻松地说。

"可是你不能这么做！"格鲁普焦急地说，**"这样太危险了**。火箭有可能在升空时爆炸，回到大气层时也有可能会自燃，还有可能会摔下来……"

"确实是有一点危险的……"潘妮点点头。

"这叫有一点？"麦克跳了起来，"简直跟自杀差不多！"

"那又怎么样？"潘妮挑起眉毛，"要是我真不在了，黑马克没准就此会放过拉尔夫。"

"别说不吉利的话。"格鲁普低垂着头。

"不管怎么样，"潘妮说，"是我把拉尔夫搅进这团麻烦里来的，现在也得由我把他给

解救出来。我们已经努力了这么久，这时候说放弃太可惜了。"

大伙不安地互相看了看，谁也说不出话来。

"你确定非要这么做？"波莉问。

潘妮坚定地点了点头。

吸墨"嘀嘀"叫着飞到潘妮身边。

"给你，"他把头盔摘下来递给潘妮，"这个能保护你。"

"**谢谢，吸墨**。"说完潘妮把头盔扣在脑袋上。

"拿着，"尤利又把对讲机从手腕上摘下来给潘妮戴上，"我们还能跟你保持联系。"

"谢谢你，尤利。"潘妮说。

"你戴上我的。"吸墨把自己的对讲机递给了格鲁普。

"要我推你一把吗？"潘妮朝火箭走去的时候，麦克问。

"**多谢**。"潘妮说着，踏上了麦克的手掌。麦克一起身，把潘妮送到了高处。潘妮从火箭的窗框里爬了进去。

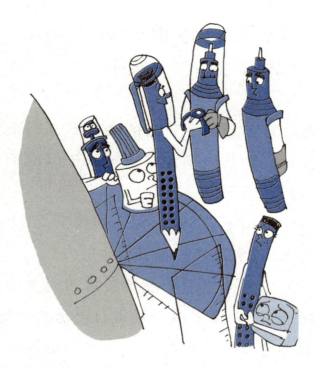

　　潘妮钻到一半的时候，忽然发现自己被卡住了。倒不是因为窗子太小，而是麦克死死拽着她的脚腕不肯放手。

　　"麦克，我还用得着脚，这可不能留给你。"潘妮打趣地说。

　　麦克无奈地放开手，潘妮一下子掉到了火箭内部的地板上。波莉小心翼翼地把窗玻璃递给了潘妮，格鲁普又递进去胶带。

　　潘妮把窗玻璃对好位置粘紧。她兴奋地冲

着火箭外面**忧心忡忡**的朋友们挥手。

突然，铅笔们散开了，潘妮知道孩子们要回来了。

潘妮紧贴着窗子旁边的墙壁站好，这样的话，拉尔夫和艾思丽冲窗户里张望时就不会发现她了。

"好了，孩子们。带上你们的火箭，到火箭发射现场去。"史黛拉小姐说。

拉尔夫和艾思丽小心翼翼地抬起火箭朝发射现场走去，一路上他们觉得自己做得很好，把火箭端得稳稳的。可是待在火箭里的潘妮却像

待在空荡荡、晃悠悠的笔袋里，在地板上滚过来滚过去，一路上被折腾得**颠来倒去**。

"但愿这趟太空之旅我不会犯晕。"潘妮身不由己地在火箭地板上翻

滚,心里在琢磨即将到来的太空之旅,同时她还要想尽办法躲开会暴露她的窗户。

孩子们一走出教室,铅笔们和建造火箭的工具们便纷纷从桌子上跳起来,跑到窗台上观望。他们迫不及待地想要看看大伙一起做出来的火箭表现如何。

就连波尔特的书写文具们也纷纷爬到窗台上**看热闹**。

拉尔夫和艾思丽到达发射现场以后,小心翼翼地放好火箭,做好发射准备工作。潘妮用多出来的一段胶带把自己牢牢地固定在了火箭内壁上,等待着起飞。

"好了,"史黛拉小姐说,"我们先从科林和莎拉的火箭开始。进入**点火程序**!"

科林和莎拉开始从"10"倒计时。喊到"1"时,他们的火箭一飞冲天。孩子们,还有科林和莎拉的铅笔们全都屏息静气,仰起脑袋看火箭在高空飞翔。

"哼哼!"麦克、格鲁普和小不点身后传来一阵粗鲁的声音。

大家转头看过去，又是黑马克。

"你们还有兴致给别人的火箭呐喊助威，品格蛮高尚的嘛！"黑马克冷嘲热讽道，"我相信你们同样也会为波尔特和胡妮叫好的。"

"**不大可能**。"格鲁普淡淡地应着，躲开黑马克的视线，不露声色地藏起他手中的对讲机，转头又去看科林和莎拉火箭的进展了。只见那枚火箭已经冲入云霄，渐渐变成一个模糊的小点点，消失在了高空中。

"**哎哟**，铅笔潘妮小姐怎么不在现场呀？她是不是忙着生闷气呢？"黑马克追问。

"黑马克，生闷气的应该是你才对。"麦克讥讽道。

就在这时，从火箭发射现场传来一阵热烈的掌声，原来科林和莎拉的火箭在降落伞的保护下完美着陆。

"下一个，"史黛拉小姐喊道，"拉尔夫和艾思丽上场。"

"什么？"黑马克一愣，**旋风一般**冲到台上要看个究竟。可不是吗？拉尔夫和艾思丽手中托着一枚闪闪发亮的帅气火箭，那枚火箭跟一个小时前黑马克烧掉的火箭一模一样。

"怎么可能！"黑马克难以置信地大叫一声。

他转身看着拉尔夫、莎拉和艾思丽的铅笔们，大家正笑眯眯地看着他，摆出一副无辜的神情。

"铅笔潘妮！"黑马克在牙齿缝里挤出这个名字。

突然，他一把扼住波莉的喉咙，恶狠狠地逼问："快说，她到底在哪里？"他把手攥得更紧了，"我不会再问第三遍，她在哪儿？"

"**火箭**……"波莉快要窒息了。

黑马克扔下波莉，怒气冲冲地奔出教室。

"拦住他！"麦克大叫一声，追了过去。

"不！"格鲁普大声嚷嚷着，"我们不能这样做！光天化日之下，不能到处走动。我们有可能会撞上人类的。"

"可是潘妮……"麦克**不甘心地**叫着，吸墨和尤利冲上来把麦克从门口拽走了。

"潘妮……潘妮！请注意！"格鲁普冲着对讲机大喊。

"什么事情，格鲁普？"潘妮的声音**断断续续**地传了过来，"我把自己捆住了，他们正要进入倒计时。"

在发射现场外围，拉尔夫和艾思丽开始倒计时。

"10！"拉尔夫喊。

"9！"艾思丽喊。

"黑马克正赶过去呢！"格鲁普焦急地喊。

"8！"

"什么？"潘妮紧张地朝火箭窗外观望。只见一个巨大的黑色身影在草地里急速穿行，朝她逼近。

"7！"

"黑马克赶过去了！"格鲁普又重复了一遍。

"6！"

"我知道，我看到他了。"潘妮说着，艰难地咽了一口口水，心里默默祈愿着倒计时能快一点。

"5！"

火箭马达启动了，几乎把倒计时的声音淹没了。

"4！"

"你们能想办法阻止他吗？"眼看黑马克一

步步逼近，潘妮绝望地大叫起来。

"**3**！"

"那里人太多了！"格鲁普沉痛地说，"你知道规矩的。"

"**2**！"

"规矩，"火箭开始颤动时，潘妮悲愤地从牙缝里挤出一句话，"并不总是最要紧的！"

"**1**！"

"铅笔潘妮！"黑马克咆哮一声，朝火箭恶狠狠地扑了过去。

"发射！"

火箭猛烈地晃动着，开始朝天空**缓缓升起**。

潘妮隐约看见黑马克在草地上满地打滚，一脸痛苦万状的表情，他的塑料皮肤上满是泡泡和裂纹。

"潘妮！出什么事儿了？"格鲁普的呼喊声从对讲机里传出来。

"一切都好。"因为后怕，潘妮的两排牙齿不断磕碰到一起，"**嗒嗒**"作响。

"黑马克呢？"

"大概他精疲力竭了，没法跟上我冲向太空的步伐。"潘妮说着，把视线从草地上那个缩成一团的黑怪物身上转向了头顶上的太空。

天空的颜色从淡蓝转为黑蓝，继而又渐变为黑色。潘妮使劲揉了揉眼睛，想看得更清楚一点，她又一次望向窗外。是呀！她真的看到星星了！她真的来到了太空中！

"**简直太神奇了**！"她冲着对讲机喃喃着，"我看到星星了！"

教室里的铅笔们和工具们欢呼起来。

"吸墨刚刚告诉我，要是你能看到星星的话，"格鲁普说，"你就可以把安全带解开了。"

潘妮小心翼翼地扯掉把自己固定在内壁上的胶带，胶带立刻飞到一边去了。她慢慢地朝前迈了一步，身体好像没了重量一般，神奇地飘浮了起来。

"这种感觉太棒了！"潘妮突然觉得有些无所适从，不知道是要先试试在空中翻个跟头呢，还是透过窗户饱览美丽的太空。

兴奋的不光是铅笔们和搭建火箭的工具们，孩子们和太空活动营的导师们也为拉尔夫和艾思丽合作搭建的火箭感到**惊奇**和**开心**。

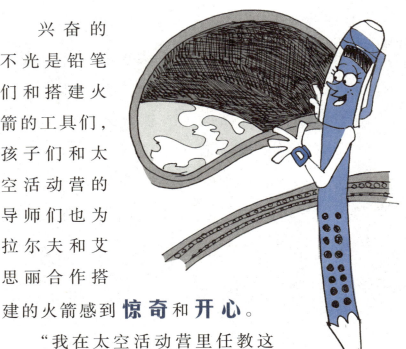

"我在太空活动营里任教这么多年，"史黛拉小姐由衷地说，"这是我第一次看到学生做的火箭能飞这么高。"

"我几乎看不见它了。"艾思丽说。

"你觉得它会回来吗？"拉尔夫惴惴不安地问。

教室里，书写文具们的脑袋瓜里也萦绕着同样的问题。

第十六章

火箭返程

"潘妮，你还好吗？"格鲁普焦急地问。

"好得很！"潘妮沉浸在巨大的喜悦和享受中，"在太空中看星星，星星似乎变得更美了。天上繁星点点，数也数不完！哎呀！"

"怎么了？"格鲁普**心头一紧**。

"我刚刚从一颗人造卫星旁边飞过去，惊得我一身冷汗。"听到潘妮的回答，朋友们长舒一口气。

潘妮回头看看地球，她能清楚地看到一块大陆被蓝色的海洋包围着。

"从上面看地球真是太美了！"潘妮赞叹道，"你们还能看见我吗？"

"不能。"格鲁普说，"你还在上面吗？"

"这我可说不好，"潘妮朝窗外**瞟了一眼**，突然她发

现自己的脸蛋紧紧地贴在了窗玻璃上，她使出浑身力气把自己从窗玻璃上拔开。紧接着，她又觉得自己的身子猛地一沉。"**啊哦**，不好。有点不对头。"她冲着对讲机说。可是地球上的大伙听见的只是一句"啊哦"，接着又传来一阵"吱吱啦啦"的电流声。

"到底怎么回事？"格鲁普冲着对讲机大喊大叫，可是他得到的回应只是一阵阵"吱吱"乱响的电流声。波莉、麦克和小不点紧张地交换着神色。

"是不是她飞出对讲机的通话范围了？"格鲁普问吸墨和尤利。

"不会，"吸墨的语气很确定，"不过，在返程中通常会出现信号中断的情况。"

"那就是说她在返程中了？"麦克问。

"我觉得应该是这样。"吸墨说。

"姑娘们，我们得忙起来了。"波莉带着彩色铅笔们回到了课桌上。

"你们在捣鼓什么？"麦克看见波莉她们正忙着装饰一块巨大的银色横幅，不由得吃了一惊。

"不是明摆着的吗？"波莉神气地说，"要做一块'**欢迎荣归**'的横幅呀！"

"我不是这个意思！"麦克似乎更加焦虑了，"你们在捣鼓什么东西？"

站在窗台上的铅笔们和工具们纷纷转过头。只见麦克脸色苍白，他指着彩色铅笔们正在装饰的那一大块铝箔纸。

"那是隔热罩，应该装在火箭顶上，防止火箭在返程中着火用的。"麦克**有气无力**地说。

大家好像突然掉进了冰窟窿里一般，惊恐地在同伴和隔热罩之间看来看去，不知道该怎么办才好。教室里死一般寂静，唯一能听到的声音就是从格鲁普手腕上的对讲机中发出的"吱吱啦啦"的电流声。

　　"潘妮！潘妮！听到请回话！"格鲁普发狂地冲着对讲机嚷嚷。

　　火箭里，除了火箭穿过大气层的呼啸声，潘妮什么也听不到。火箭一头栽下去，速度**越来越快**，突然间，它好像停住了。

　　"潘妮！"格鲁普的叫声从对讲机里传来，"请讲话！"

　　潘妮有气无力地抬起了手腕，凑到嘴巴跟前，虚弱地说："我在。"

大家纷纷屏住了呼吸。

"**你能看到什么**？"格鲁普问。

潘妮朝窗外瞥了一眼。

她能看见地面上国家轨道卫星协会的建筑群，也看到了在正中心印着大大的"X"的落地垫。

"我到了国家轨道卫星协会上空了。"她说。

"瞧！她在那里！"小不点大叫一声，指着窗外的火箭，它在降落伞的保护下正缓缓从高空中落下来。

铅笔们和工具们开始高声欢呼，孩子们和太空活动营的导师们也在草地上欢呼。

在所有人的关注下，火箭轻巧地降落在了落地垫的中心。

"**干得好**，潘妮。"格鲁普说。

"拉尔夫、艾思丽，干得好！"史黛拉小姐大声夸赞着。

孩子们一组接着一组发射了火箭，可是没有一枚火箭比潘妮他们齐心合力做出来的火箭飞得高。火箭发射结束后，拉尔夫和艾思丽从史

黛拉小姐手中接过了火箭形状的奖杯。

"你想留着奖杯吗？"艾思丽问拉尔夫。

"不要，这个应该由你留着。"拉尔夫说。

"火箭你留着吧。"艾思丽坚持道。

当天晚上，拉尔夫离开太空活动营回到了家，他在书架上整理出一块空间，**自豪地**把火箭放了上去。

"拉尔夫，开饭了！"妈妈大叫。

拉尔夫又深深地看了一眼火箭，开开心心地跑下了楼梯。

拉尔夫刚走，格鲁普、麦克、小不点和太空笔们纷纷跳出拉尔夫的笔袋，一口气爬到了书架上方。他们轻轻地敲打着火箭的窗户。

"潘妮，你可以出来了。"格鲁普招呼着。

　　潘妮扯开了粘在窗子底部和两边的胶带，窗子忽地一下打开了。潘妮从窗子底下爬了出来，窗玻璃在她身后忽地一下又自动关上了，胶带把窗子粘得严丝合缝，不露痕迹。

　　"这主意真是绝妙，"格鲁普赞许地说，"不过就是有一点差错。"说着，他严厉地看着她。

　　"你是什么意思？"潘妮无辜地看着格鲁普。

　　格鲁普使劲推了推窗子，胶带在里面粘得

紧紧的,窗子**一动也不动**。"看样子,现在窗子粘得跟你待在里面时一样牢固。你根本用不着跟火箭上天的,对不对?"

"**诡计**"被当面戳穿,潘妮的脸一下子红了。

"用得着!"小不点高声嚷嚷。

潘妮和格鲁普直愣愣地看着小不点。

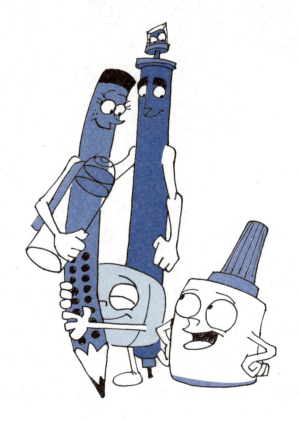

"要是潘妮不钻进火箭里,黑马克就不会追过去;要是黑马克不累得奄奄一息,我们就没法抓住他! 你说是不是呀,潘妮?"

"嗯,这倒是,"潘妮点点头,"这本来就是我的计划。"她**狡黠一笑**,撒了个谎,眨巴着一双无辜的眼睛看着格鲁普。

"我能拿你怎么办?"格鲁普无奈地摇摇头。

"开个庆功派对吧!"麦克高声叫道。

就这样,太空笔们带着潘妮从书架上飞回到了笔袋里。盛大的派对开始了,闪亮的银色横幅上,"欢迎荣归"几个大字显得**喜气洋洋**。要知道,这也是本次派对庆祝的主题呢。